결
혼
기
담

KONKATSU CHUDOKU
by AKIYOSHI Rikako
Copyright © 2017 AKIYOSHI Rikako
All rights reserved.
Originally published in Japan by Jitsugyo no Nihon sha, Ltd., Tokyo.
Korean translation rights arranged with
Jitsugyo no Nihon sha, Ltd., Japan
through THE SAKAI AGENCY.

운명적인 만남을 원한다면 목숨을 걸어라

결혼기담

— 아키요시 리카코 단편소설집 —

대원씨아이

contents

Marriage

activity

이
상
적
인

남
자

1

이별은 일방적이었다. 남자친구 쪽에서 먼저. 톡으로.

'왜? 마음에 안 드는 점이 있으면 내가 다 고칠게.'

사오리는 떨리는 손가락으로 답장을 찍으면서 스스로가 한심해 눈물이 났다. '마음에 안 드는 점이 있으면 내가 다 고칠게'라니, 비굴하고 비참하기 짝이 없다. 만약에 다른 사람이 자신에게 그렇게 말한다면 그 사람이 더 싫어질 것이다. 아니나 다를까, 곧바로 '아니, 그러니까 그런 비굴한 성격이 싫다고'라고 답장이 왔다.

'너무 갑작스럽잖아. 유우 씨 생일도 얼마 안 남았는데. 선물도 벌써 사놨어. 일단 만나서 얘기하자.'

톡을 보낸 후 휴대전화 화면이 꺼지자, 검은 화면에 비통한 표정으로 오만상을 쓰고 있는 마흔 즈음 여자의 얼굴이 비쳤다. 내가 이런 얼굴을 하고 있었던가.

하지만 유우에게서 답장은 없었다. 어쩌면 톡이 안 갔을지도 모른다. 그렇게 생각하고 전화도 해봤지만 그는 받지 않았다. 제발 전화 좀 달라고 음성 녹음을 남겼다.

그와 삐걱거리기 시작한 건 여섯 달 전부터였다. 계장으로 승진한 유우는 회사에서 큰 프로젝트를 맡게 되었고, 그즈음 사오리는 정리 해고를 당했다. 재취업에 어려움을 겪는 동안 고용보험도 끊기고 예금도 바닥을 드러내, 사오리는 도심에서 전철로 두 시간 떨어진 본가로 들어가게 되었다. 장거리 연애가 된 이후로 유우와는 거의 만나지 못했다. 사오리가 자취방으로 만나러 간다고 해도 매번 피곤하다며 거절했다. 그런 때 그가 같은 회사의 신입 여직원과 만난다는 소문을 들었다. 확인하기 무서워 망설이는 동안, 결국 이별을 통보하는 톡을 받고 만 것이다.

후회가 눈물이 되어 흐른다. 앞으로 여섯 달만 지나면 마흔이다. 최근엔 새로운 만남의 기회조차 없다. 다음번 사랑이 과연 있을까? 아니, 있다 해도 결혼을 전제로 한 교제가 가능할까?

그때 휴대전화가 울렸다. 화면을 확인할 겨를도 없이 허겁지겁 통화 버튼을 눌렀다.

이 상 적 인 남 자

─ 사오리?

　들려온 것은 엄마의 속 편한 목소리였다. 순간 맥이 빠져버렸다. 한집에 사는 엄마는 2층의 사오리 방까지 오기 귀찮으면 내선 대신 휴대전화로 걸곤 했다.

　─ 포도 있는데 내려와서 먹으렴.

　사오리는 얼른 눈물을 닦고 아래층으로 내려갔다. 애써 웃는다고 웃었지만, 역시 엄마의 눈은 속일 수 없다. 거실로 들어가기 무섭게 엄마가 "무슨 일 있었니?"라고 근심스럽게 물었다.

　"유우한테 차였어."

　엄마의 표정이 구겨졌다. 원래도 엄마는 유우를 마뜩잖게 생각했었다. 3년이나 사귀고도 결혼할 생각조차 없는 유우와 얼른 헤어지고 맞선을 보라고, 사오리가 아직 도쿄에 살고 있을 때부터 틈만 나면 맞선 사진을 보내왔던 것이다.

　"역시! 내 그럴 줄 알았다, 걔는."

　사오리가 탁자에 앉자 엄마는 마주 앉아 유우의 험담을 늘어놓기 시작했다.

　"그래서 이제 어쩔래? 그렇게 엄마가 여자는 일이 다가 아니라고 했지! 마흔이 되면 좋은 인연을 만나긴 더 힘들어. 내가 입이 닳도록 말했는데도 너는…."

또 잔소리 시작이다. 서른을 넘겼을 무렵부터 엄마는 전화할 때마다 결혼하라고 사오리를 닦달해댔다. 하지만 당시 사오리에게 결혼이란 먼 미래의 일이었다. 일도 한창 재미있을 때였고 남자도 아쉽지 않았다. "결혼 안 하는 인생도 괜찮을지도"라며 동성 친구들끼리 의기투합하기도 했었다. 하지만 오늘은 엄마의 말이 가슴에 사무친다. 당시 알던 남자들은 벌써 다 결혼했고, 떠들썩하게 놀던 동성 친구들도 사오리만 빼고 모두 결혼해버렸다. 다들 커리어를 쌓으면서 착착 결혼으로 가는 길을 닦고 있었던 것이다.

"그러니까 걔랑은 진작 헤어지고 선 봐서 결혼을 했어야지."

사오리는 엄마가 보내온 맞선 상대의 신상 명세와 사진을 떠올렸다. 조건상 나쁘지 않은 상대도 적지 않았다.

"알았어. 이번엔 엄마가 시키는 대로 맞선을 볼게."

사오리가 결의를 담아 말하자, 엄마는 어처구니없다는 듯이 한숨을 내쉬었다.

"얘가 지금 무슨 소리야. 그때 얘기했던 사람들은 벌써 다 결혼했지."

그랬구나! 자신이 마음만 먹으면 맞선은 언제든지 볼 수 있다고 생각하고 있었다.

"그럼 엄마가 먼저 좀 부탁해봐. 정식으로 사진관에서 사진도 찍고 신상 명세서도 쓸게."

"애, 낼모레면 마흔인 딸을 어떻게 소개를 부탁하니. 선자리가 한창 들어올 때 네 나이가 서른 초반이었지? 그때에도 벌써 아슬아슬하다고 했었어. 내가 거절하니까 주선자가 마지막 기회인데 괜찮겠냐고 묻더라. 그런데 이제 와서 부탁해봐라, 아마. '나이를 생각해서 참아주세요'라고 할걸."

마치 벌써 부탁했다가 거절당한 것처럼 실감 나는 이야기다. 어쩌면 실제로 오간 대화일지도 모른다. 아마 엄마는 그 후로도 기회를 봐서 몇 번 더 부탁했던 게 분명하다.

"그럼 이제 부탁할 사람이 아무도 없는 거야?"

사오리가 한숨을 쉬자 엄마도 덩달아 땅이 꺼져라 한숨을 내쉬었다.

"힘들어. 이쪽에서 돈을 내든가 하기 전에는… 아!" 엄마가 뭔가 생각난 듯이 외마디를 질렀다. "그러고 보니까 결혼상담소가 생겼더라. 알고 있었니?"

"결혼상담소…?"

솔직히 편견이 있다. 그런 데 등록하는 사람은 남자든 여자든 다 이유가 있다고. 빚이 있거나 연봉이 형편없거나. 사오리가 솔직하게 말하자 엄마는 코웃음을 쳤다.

"네가 지금 그런 소리 할 처지니? 그리고 거기는 평판이 아주 괜찮아. 대형 체인이 아니라 동네 사람이 시작한 작은 상담소라 신원이 확실한 사람만 등록할 수 있다더라. 그리고 성사 비율도 꽤 높대."

"하지만…."

"홈페이지도 있으니까 한 번 찾아보렴. 이름이 아마 '페이트'인가 그럴 거야."

"'페이트'? 알았어. 한 번 찾아볼게."

그렇게 약속하고 자기 방으로 돌아왔지만, 여전히 마음이 내키지 않는다. 결혼상담소는 마지막 보루라는 느낌이다. 아직은 그렇게까지 안 해도 괜찮지 않을까 하는 마음이 남아 있었다.

그러나 실제로 홈페이지를 찾아보니 생각보다는 괜찮아 보였다. 등록료 3만 엔. 월 회비 5천 엔. 소개료 한 건당 2만 엔. 결혼 성사 시 성혼 보수 20만 엔 등, 금전적으로 다소 부담이 있는 건 어쩔 수 없지만, '커피 데이트'나 '공원 데이트' 같은 명칭이 붙은 캐주얼한 만남이 심리적인 부담감을 덜어주는 느낌이다. 홈페이지 대문에 커다란 글씨로 '부담 없이 편하게 운명의 상대를'이라고 적힌 모토도 충분히 공감할 수 있었다. 페이트는 영어로 운명이라는 뜻이라고 했다.

일단 무료 상담 예약을 잡기로 결심하고 이름, 주소, 휴대 전화 번호, 생년월일 등을 입력해 보냈다. 그것만으로도 벌써 이별의 충격에서 벗어나 한 걸음 나아간 기분이 들어 마음이 조금 편해졌다.

페이트 사무실은 집에서 버스로 10여 분 정도 떨어진 산기 슭에 있었다. 한 정거장을 지날 때마다 비탈길이 점점 가팔 라진다. 과거에 이 지역은 뉴타운으로 대대적으로 개발되었 던 곳이다. 세련된 단독 주택들은 하나같이 널찍하고, 마당도 있고, 산이라 풍광도 좋다. 당시에는 전철역이 들어오고 장차 쇼핑 센터를 유치한다는 이야기도 있어, 너나할 것 없이 이 일대에 집을 샀다고 한다.

하지만 거품이 꺼지면서 전철역이 생긴다는 이야기도 사 라져버렸다. 당연히 쇼핑 센터도 들어오지 않았다. 결국 풍광 만 좋을 뿐, 교통은 불편하기 짝이 없는 지역으로 전락해버린 것이다. 그리고 넓은 마당은 사계절 관리가 필요하고, 집과 차에는 유지비가 들어간다. 주민들은 점차 교통이 편한 역세 권 아파트로 옮겨가고 빈집이 늘어나기 시작했다. 한때는 고 스트 타운이 돼버릴 위기에 처하기도 했지만, 시대가 또다시 달라져 최근엔 삭막한 도시에 지친 젊은이들이 이곳에 들어와 정착하기 시작했다고 한다.

엄마가 동네 사람에게서 알아 온 정보에 의하면, 결혼상담
소가 이런 외진 곳에 생긴 것은 수요를 예측한 결과라고 한
다. 도시에서 내려와 정착했지만 만남의 기회를 갖기 힘든 젊
은이들이 많아 야금야금 등록자가 늘어났다고 한다. 게다가
결혼에 대한 비전도 명확하고 믿을 수 있는 사람만 있다나.

사오리는 종점에서 버스를 내렸다. 상담소는 거기서 다시
계단을 올라가야 하는 것 같았다. 계단이 너무 길어 올라가면
서 세어보니 무려 200계단이었다. 끝까지 올라가자 'FATE'
라고 적힌 하트 모양 간판이 걸린 파스텔 핑크색 건물이 보
였다. 사오리는 숨을 헐떡이며 현관 앞으로 가서 인터폰을 눌
렀다.

그녀를 맞이한 사람은 애교 있게 생긴 동그란 얼굴에 몸이
통통한 중년 여성이었다.

"요시모토 사오리 님이시죠? 기다리고 있었습니다. 사장
이노우에 유키에예요."

이노우에는 듬직한 몸을 돌려 사오리를 안으로 안내했다.
단독 주택을 개조한 사무실인 듯, 현관에서 신발을 벗게 되어
있었다. 장미 무늬의 폭신폭신한 슬리퍼를 신고 안으로 들어
가자 아로마 향을 피웠는지 은은한 향기가 풍겼다.

이노우에를 따라 핑크색을 기조로 한 로맨틱한 분위기의 거실로 들어간 사오리는 수입 제품으로 보이는 커다란 꽃무늬 소파에 앉았다. 소파에 앉자마자 갑자기 피로가 몰려왔다.

"왜 이렇게 불편한 곳에 사무실을 여셨어요?" 홍차를 내온 이노우에에게 사오리는 솔직하게 물었다.

"후후후, 다들 그렇게 물으세요. 이유는 두 가지예요. 우리 상담소는 지역 밀착형이잖아요? 사무실이 눈에 잘 띄는 곳에 있으면 누가 드나드는지 순식간에 소문이 퍼지거든요. 그러니까 첫째로는 이용하시는 분들의 프라이버시를 위해서예요. 둘째로는 그냥 한 번 와보시는 분들을 차단하기 위해서죠. 이렇게 먼 길을 일부러 와주시는 분들이라면 결혼에 대해 얼마나 진지한지 알 수 있으니까요. 안 그런가요?"

과연, 사오리도 좋은 인연을 찾아 힘겹게 이 산길을 올라오지 않았던가.

"그래서 저희 상담소에는 결혼에 대해 진지하고 긍정적이고 성실한 분들만 계신답니다. 그래서인지 성공률이 정말 높아요. 그리고 저 혼자 운영하기 때문에 대형 업체에는 기대하기 힘든 세심한 서비스를 제공할 수 있어서 반응이 아주 좋아요."

홍차를 사오리 앞에 내려놓으며 이노우에가 미소 지었다.

수많은 만남을 성사시켜온 자신감과 관록이 엿보이는 그 미소가 사오리에게는 믿음직스럽게 느껴졌다.

"그럼 본론으로 들어가서." 이노우에가 사오리의 맞은편에 앉아 몸을 앞으로 내밀었다. "미리 보내주신 희망서를 바탕으로 제가 몇 분을 추려봤어요. 그중 아주 추천해드리고 싶은 분이 한 분 있답니다."

사오리가 희망서에 쓴 조건은 대졸, 연봉 600만 엔 이상, 정규직, 나이는 마흔두 살까지 등으로, 지극히 기본적인 것들이다. 키와 몸무게, 모발 유무처럼 용모에 관한 것은 일절 쓰지 않았다. 뒤늦게나마 마흔을 앞둔 여자의 현실을 깨달았기 때문이다. 그래서 처음부터 상대의 외모는 전혀 기대하지 않았다. 하지만 이노우에가 탁자 위에 내려놓은 사진을 보고 사오리는 내심 깜짝 놀랐다.

상당히 잘생겼다. 미소도 근사하다. 치열도 고르고 청결한 느낌이다. 전신 사진은 균형이 잘 잡혀 있고 뚱뚱하지도 않으며 머리숱도 풍성하다.

그러나 사오리는 얼른 다시 현실로 돌아왔다. 처음부터 이렇게 멋진 남성이 걸릴 리 없다. 뭔가 이유가 있을 것이다. 실은 알고 보면 나보다 키가 작다거나? 가발이라거나? 빚이 있다거나? 이혼을 다섯 번쯤 했다거나?

"멋있죠? 스기시타 케이지 씨예요. 마흔두 살이고요, 직장은 마루비시 상사. 직종은 영업이고 연봉은 600만 엔. 키 178센티에 몸무게 70킬로그램."

그게 사실이라면 결코 나쁘지 않다…. 아니, 나쁘지 않은 정도가 아니라 사오리에게는 매우 좋은 조건이다. 마루비시는 대기업은 아니지만, 이 지역에서는 우량 기업으로 유명하다. 연봉도 그 정도면 충분하니까 맞벌이를 한다면 풍족한 생활이 가능하다.

"어떠세요? 스기시타 씨는 청순하고 머리가 긴 여성스러운 분을 좋아하신대요. 요시모토 씨 같은 분이 딱 어울릴 것 같은데요."

"만날게요! 만나고 싶어요!"

이렇게 조건이 괜찮은 남자가 이런 데 왜 등록했을까. 왜 아직도 상대를 못 찾았을까…. 희망에 들뜬 사오리는 그런 의문을 떠올릴 새도 없이 이노우에에게 주선을 부탁하고 있었다.

약속은 사흘 후였다. '부담 없이 편하게'라는 모토대로 처음에는 점심 데이트를 하게 되었다. 그 사흘 동안 사오리는 물이 빠져 갈색이 된 머리를 다시 검게 염색하고, 치아 미백을 하고, 노출이 적으면서도 지나치게 수수하지 않은 원피스를 샀다. 그렇게 임한 점심 데이트. 약속 장소인 레스토랑의 문을 열면서 그녀는 스스로를 타일렀다…. 그 프로필 사진은 아마 30퍼센트쯤 잘 나온 사진일 거야. 분명히 보정이 들어갔을 거야. 실망해도 절대로 얼굴엔 티 내지 말자.

그러나 점원의 안내를 받아 개별 룸으로 들어가서, 먼저 와 기다리고 있던 스기시타를 봤을 때에는 저도 모르게 숨을 삼켰다. 사진보다 실물이 30퍼센트는 나았다. 스기시타도 긴장했는지 어색한 표정으로 몸을 일으켰다. 양복은 고급스러워 보이지는 않았다. 아마 기성복 매장에서 구입한 것이리라. 이 동네에는 고급 양복점이나 백화점이 없다. 넥타이와 시계와 구두도 브랜드 제품은 아닌 듯하다. 하지만 사오리는 그래서 더 호감이 갔다. 유우는 멋쟁이였지만 그만큼 돈을 함부로 썼다. 결혼 상대로는 이런 수수한 남자가 더 낫다. 그리고 고급 양복을 입은 추남과 싸구려 양복을 입은 미남 중에서 여자가 어느 쪽을 선택할지는 자명한 일이다.

"안녕하세요. 스, 스기시타입니다."

스기시타가 얼굴을 붉히며 더듬더듬 인사했다. 난처한 듯이 찌푸린 단정한 눈썹이 상당히 매력적이다. 여자에게 익숙한 남자보다는 순수한 편이 낫다.

이상적인 남자

"요시모토 사오리입니다. 잘 부탁드려요."

사오리도 고개를 약간 기울여 인사했다. 이렇게 하면 사랑스럽고 우아해 보인다고 예전에 패션 잡지에서 읽은 적이 있다.

대화는 처음에는 끊기기 일쑤였다. 하지만 요리를 다 먹고 디저트가 나올 때까지 드라이브라는 공통의 취미 덕분에 대화에 꽃이 피었다. 사오리는 완전히 스기시타에게 매료되었다. 상당한 외모임에도 불구하고 정작 본인은 그 사실을 잘 모르는 듯한 무심함이 조금은 촌스러운 그 헤어스타일과 옷차림에 드러나 있었다. 결혼 상대로서는 이상적이다.

"그럼 다음 주에라도 드라이브를 갈까요?" 조심스럽게 청하는 스기시타에게 사오리는 황홀한 얼굴로 "좋아요"라고 대답했다.

데이트를 거듭할수록 스기시타는 점점 더 자상해졌다.

차 문을 열어주는 것은 기본이고, 사오리가 좋아한다고 말한 가수의 곡을 준비해 드라이브하는 동안 틀어주고, 여행지에서는 반드시 추억에 남을 만한 기념품을 사주고, 함께 찍은 사진은 곧바로 프린트해 건네주는 등, 세심한 배려가 넘쳤다. 또한 출장과 연수 등으로 외국에 나가는 적도 많아 그때마다 선물을 거르지 않았다.

　…대성공이야.

　스기시타를 만날 때마다 사오리는 실감했다. 처음 등록한 결혼상담소, 그것도 시골에 있는 작은 상담소에서 대뜸 대박을 터뜨린 것이다. 행운도 이런 행운이 없다.

　행복한 반면, 한편으로 의문이 고개를 쳐든다.

　…이렇게 멋진 사람이 왜 지금까지 혼자였을까?

　호적은 깨끗해도 여자관계가 복잡한가? 빚은 없어도 도박에 빠져 있나? 성질 나쁜 시어머니와 시누이가 무더기로 있나? 슬쩍 넘겨짚어봤지만, 그 어느 것도 아니었다. 그는 사오리에게 집 열쇠도 건네줬고, 파친코나 경마에는 관심을 보이지 않았다. 부모님은 이미 세상을 떠났고, 형 부부가 있을 뿐이라고 한다.

　알수록 더 괜찮은데, 그럴수록 더 이상하다. 어쩌면 뭔가 치명적인 걸 놓치고 있는 게 아닐까….

　"사오리 씨, 무슨 생각 해?"

　스기시타가 걱정스럽게 사오리의 얼굴을 들여다보았다. 오늘은 그가 사오리를 집으로 초대해 주방에서 솜씨를 발휘하는 중이었다. 그라탱에 샐러드는 결코 어려운 요리는 아니지만, 솜씨도 꽤 좋고 맛도 나쁘지 않다. 요리를 잘하는 남자,

이건 상당히 점수가 높다. 여자들이 가만 내버려둘 리 없다.

"저기, 스기시타 씨." 용기를 내어 사오리는 말을 꺼냈다. "실례되는 질문이지만,"

"갑자기 뭔데 그래?" 스기시타가 긴장한 표정을 지었다.

"지금까지 왜 결혼을 안 했어? 자기 같은 남자가 결혼상담소엔 왜 등록한 거야?"

"뭐? 왜, 왜냐고 물으면…." 횡설수설하면서 스기시타의 시선이 허공을 헤맸다.

"혹시… 바람 피우는 습관이 있다거나?"

"뭐?" 스기시타는 진심으로 놀란 듯 외마디 비명을 지르더니 이내 안도한 얼굴로 미소를 지었다. "뭐야, 마흔 넘은 노총각은 징그러워서 싫다는 줄 알고 겁먹었잖아. 음, 만남의 기회가 전혀 없었어. 아이를 좋아해서 일찍 결혼하고 싶었지만, 회사에 여자가 거의 없어서…. 그래서 결혼상담소가 생겼다고 하기에 곧바로 등록한 거야. 절대 바람 피우거나 그런 거 아니야. 이렇게 말해도 증명할 방법은 없지만… 아, 맞다!"

그러면서 스기시타는 책상 옆에 있는 캐비닛을 뒤지더니 종이 한 장을 꺼냈다.

"자, 이거. 가입비 영수증이야. 봐봐."

그건 사오리가 페이트에서 받은 것과 똑같이 생긴 영수증이었다. 날짜는 3년 전이었다.

"스기시타 씨, 벌써 3년이나 회원이었어?"

"응."

이런 사람에게 3년이나 상대를 소개 안 할 리 없다. 사오리가 그렇게 말하자 스기시타는 난처한 얼굴로 머리를 긁적거렸다.

"어, 세 명 정도 소개를 받았어."

역시! 가슴에 못이 콱 박히는 느낌이다.

"하지만 3년에 세 명은 너무 적지 않아?"

"한 사람, 한 사람과 오래 사귀었으니까. 내 나름대로는 진지했고."

"그 여자들하고는 어떻게 됐어?"

"어, 그게…." 스기시타는 잠시 숙이고 있던 고개를 이내 들고 "뭐, 인연이 아니었겠지"라고 말하고 미소 지었다. 그 미소가 어쩐지 냉혹해 보여서 사오리는 처음으로 스기시타에게 불쾌감을 느꼈다.

셋 다 그에게서 버림받았구나. 집에 오면서 사오리는 그렇게 생각했다. 스기시타 같은 사람을 소개받고 거절할 여자는 없다. 스기시타 쪽에서 거절한 게 분명하다. 대체 무엇이 그의 마음에 안 들었을까? 그녀들의 무엇이 문제였을까? 자신도 언젠가 그에게서 버림받게 될까? 어느 날 갑자기 이노우에한테서 '스기시타 씨께서 그만 만나고 싶다고…'라는 연락이 오는 게 아닐까? 아무리 열쇠까지 공유하는 사이가 되었다 해도 이별은 소개소를 통해 건조하게 끝나버린다. 하지만 사오리는 이미 진심으로 스기시타를 사랑하고 있었다. 그와 결혼까지 가고 싶다. 그의 마음에 들고 싶다. 이 결혼을 반드시 성사시키고 싶다.

그 세 여자를 만나 이야기를 들어보자. 부끄러움과 민폐를 무릅쓰고 사오리는 그렇게 결심했다.

세 여자의 이름과 주소는 비교적 쉽게 알 수 있었다.

스기시타가 해외 출장을 간 틈을 노려 열쇠로 문을 열고 집에 들어가 캐비닛을 뒤진 것이다. 꼼꼼한 그의 성격상 영수증과 함께 페이트 관련 서류도 같이 정리해놨을 거라고 짐작했기 때문이다.

빙고였다. 이노우에가 보내준 게 분명한, 페이트 로고가 들어간 클리어 파일에 프로필과 사진이 들어 있었다.

가타야마 이츠코, 서른다섯 살.

야마키 유카리. 서른여덟 살.

후카와 유미, 서른여섯 살.

셋 모두 세미롱 헤어에 내추럴 메이크업. 키는 160센티 정도에 날씬한 몸매다. 쌍꺼풀이 있는 커다란 눈에 섬세한 콧날. 셋 다 그럭저럭 미인의 부류에 들어간다고 할 수 있다. 그리고… 셋 다 어딘지 모르게 사오리와 닮은 느낌이다. 즉, 스기시타의 취향에는 일관성이 있다는 뜻이다. 그것이 사오리의 기분을 조금 복잡하게 만들었다.

각각의 프로필 용지의 공란은 스기시타의 글씨로 빼곡하게 들어차 있었다. 자택 주소, 휴대전화 번호, 직장, 취미, 기르는 애완동물 등을 비롯해 데이트 날짜, 함께 간 장소, 먹은 음식까지. 조금 소름 끼친 건 상대의 행동 패턴까지 꼼꼼하게 기록해놓은 점이었다. 7시에 기상, 8시에 집에서 나와 9시에 출근, 퇴근은 오후 5시 반, 수요일은 6시부터 피아노 레슨, 목요일은 7시부터 헬스 등등. 문득 생각이 나서 책상 서랍을 열어보자, 예상대로 사오리의 사진과 프로필 용지가 들어 있었다. 아니나 다를까, 빼곡하게 기록되어 있다. 매주 화요일에 엄마와 점심을 먹으러 가는 일 등, 이런 얘기까지 했던가 싶은 내용까지 세세하게 기록되어 있었다.

혹시 스토커 기질이 있나? 이걸 보기 전까지는 그가 여자를 찼다고 생각했지만, 어쩌면 여자 쪽에서 먼저 떠났을지도 모른다.

사오리는 휴대전화를 꺼내 용기를 내어 가타야마 이츠코의 전화번호를 눌렀다. 연결이 되지 않는다. 야마키 유카리와 후카와 유미의 번호는 다른 사람이 전화를 받았다. 아무에게도 연락이 안 된다는 것은, 스기시타와 완전히 인연을 끊고 싶어서 번호를 바꿨다고 생각하는 게 타당하리라. 그렇다면 더더욱 그녀들의 이야기를 들어보고 싶어….

사오리는 집으로 직접 찾아가보기로 했다. 비상식적이란 건 잘 알고 있다. 하지만 여기엔 사오리의 결혼, 나아가 인생이 걸려 있다.

가타야마 이츠코는 이웃 현에 사는 것 같았다. 휴대전화 번호를 바꿀 정도면 이사를 갔을지도 모른다고 생각했지만, 그렇다고 가만있을 순 없었다. 힘겹게 도착해 보니 그곳은 큰 단독 주택으로, 문패에 '가타야마'라고 적혀 있었다.

다행이다. 자취방이 아니라 본가의 주소였던 것이다.

인터폰을 누르자, 나이 지긋한 남자의 목소리가 응답했다.

"저어, 이츠코 있나요?"

카메라가 달린 도어폰을 향해 사오리는 최대한 예의 바른 어조로 말했다. 상냥한 미소도 잊지 않았다.

"이츠코… 요? 실례지만…."

"A중학교에서 같이 농구부를 했던 친구입니다. 오랜만에 이 근처에 왔다가 생각이 나서요."

스기시타가 깨알같이 정보를 적어놓은 덕분에 신빙성 높은 거짓말을 할 수 있었다.

"이츠코는… 없어요."

"어머, 그렇군요. 몇 시에 들어오나요?"

"아니, 여기엔 이미 없어요."

"아, 혼자 나가 사나 보죠? 혹시 거기 주소를 좀 가르쳐주실 수 없나요?"

부자연스럽지 않을 정도로만 매달려본다. 모처럼 잡은 단서니까.

"이츠코는 죽었어요…. 2년 전에 교통사고로."

툭 소리와 함께 끊긴 인터폰 앞에서 사오리는 망연자실했다.

죽었다고? 가타야마 이츠코가 죽었다고? 온갖 의문이 머릿속에 맴돌았지만, 마냥 여기 서 있을 수는 없다. 사오리는 두 번째 여자인 야마키 유카리를 찾아가기로 했다. 두 번째 여자를 만나면 가타야마 이츠코에 대해서도 들을 수 있을지 모른다.

다음으로 이웃 도시에 위치한 야마키 유카리의 집으로 찾아가자 그곳은 작은 다세대 주택이었다. 빈집인지 전단이 문틈에 아무렇게나 쑤셔 박혀 있었다.

…이사 갔나?

실망하고 있을 때, 마침 옆집에서 남자 한 명이 나왔다. 사오리를 본 남자는 깜짝 놀라 걸음을 멈췄다.

"저어, 이 집에 사시는 분은….."

사오리가 말을 걸자 남자는 뒤로 주춤 물러났지만, 잠시 그녀를 위아래로 살펴본 후 비로소 안도한 표정을 지었다.

"아, 깜짝이야. 야마키 씨가 돌아온 줄 알았네. 혹시 동생이세요? 많이 닮으셨네요."

"네? 아니에요."

"어? 그래요? 실례했습니다. …아, 혹시 방을 보러 온 분이세요?" 사오리가 아니라고 채 대답하기도 전에 남자는 안쓰럽다는 듯이 말을 이었다. "여긴 안 하시는 게 좋을 거예요. 사고가 난 집이거든요."

"…사고요?"

"네, 자살이요."

"자살….."

"전에 여기 살던 야마키 씨가 1년 반 전쯤 그 집에서 자살했어요."

첫 번째인 가타야마 이츠코가 교통사고사, 두 번째인 야마키 유카리가 자살….

세 번째인 후카와 유미의 주소로 전철을 타고 가면서 사오리의 가슴에는 불길한 예감이 차오르고 있었다. 후카와 유미의 주소는 회사의 사원 기숙사였고, 사오리는 거기서 나온 여자를 붙잡고 후카와 유미에 대해 물어보았다. 불길한 예감은 적중했다. 후카와 유미도 이미 죽은 것이다. 1년 전쯤 바다에 빠져 죽었다고 한다.

대체 어떻게 된 일일까.

스기시타와 교제한 세 여자가 모두 죽었다. 도저히 우연이라고 생각하긴 힘들다. 무언가 이상하다.

사오리는 혼란스러운 심정으로 집에 돌아왔다. 도저히 저녁을 먹을 기분이 아니라 방에 틀어박혀 고민하고 있을 때, 스기시타에게서 전화가 걸려왔다.

"아까 출장에서 돌아왔어. 잠깐 만날 수 있을까?"

"지금?" 시계를 보니 10시가 넘은 시간이었다. "오늘은 너무 늦었어. 내일 만나면 안 돼?"

"자기가 너무 보고 싶어서 그래. 제발! 내가 집까지 데리러 갈게."

그렇게까지 말하는데 차마 거절할 수 없어서 사오리는 한숨을 내쉬고 천천히 나갈 채비를 했다. 평소 같으면 가슴 설레는 스기시타와의 데이트도 오늘만큼은 마음이 내키지 않았다. 엄마에게 말하고 집에서 나와 공원으로 향한다. 사오리의 본가는 좁은 골목길 끝에 있어 차가 들어올 수 없다. 그래서 그가 데리러 올 때에는 늘 공원 근처에서 만나곤 했다.

밤이 늦은 시각이다. 지나가는 사람도 거의 없고, 공원에는 아무도 없었다.

…너무 깜깜해.

역시 다음에 보자고 할까 하고 생각했을 때, 별안간 주위가 환해지면서 헤드라이트 불빛이 다가왔다. 운전석에는 스기시타로 보이는 실루엣이 있었다. 사오리를 찾으며 운전하는 모양인지 차는 상당히 천천히 움직인다. 방금 전까지 침울한 기분이었지만, 막상 모습을 보자 반가운 마음이 불쑥 솟았다. 해외 출장에서 돌아와 피곤할 텐데도 일부러 만나러 와준 성의가 고마워 순수하게 기뻐졌다. 사오리는 "어서 와!"라고 크게 손을 흔들며 자동차를 향해 달려갔다. …그러나 차는 그대로 똑바로 사오리를 향해 돌진해왔다.

…말도 안 돼!

사오리는 순간적으로 차를 피해 땅바닥에 나뒹굴었다. 차가 사오리를 지나쳐 급히 멈춰 섰다. 망연자실한 사오리의 눈

앞에서 후미등 옆의 후진등에 하얗게 불이 들어왔다.

…되돌아온다!

골목은 좁아서 피할 곳이 거의 없다. 사오리가 절망에 빠져 있을 때, 갑자기 20대 남녀 몇 명이 공원으로 몰려왔다. 사오리가 도움을 청하기 위해 소리를 지르려는 순간, 누군가가 그녀의 어깨를 붙잡았다.

"괜찮아?"

스기시타가 사오리의 얼굴을 들여다보았다. 어느새 차는 보도 옆에 주차되어 있었다. 후진등이 들어온 건 주차하기 위해 후진하려던 거였을까.

"위험하잖아. 하마터면 치일 뻔했어."

"미안해, 사오리 씨. 자기가 갑자기 튀어나와서 나도 깜짝 놀랐어."

그러면서 스기시타는 사오리의 뒤를 연신 흘끔거렸다. 20대들의 존재를 의식하는 걸까?

"차를 세울 줄 알았는데…."

"직전까지 자기를 못 봤어. 급브레이크를 밟았지만 너무 늦어서… 많이 무서웠지? 정말 미안해. 안 다쳤어? 일어날 수 있겠어?"

"응…."

사오리는 그의 부축을 받으며 일어나 조수석에 올랐다.

"사과의 뜻이라고 하면 뭐하지만, 내가 좋은 곳에 데려가 줄게."

다정하게 말하고 스기시타가 차를 출발시켰다. 어쩐지 납득이 가지 않는 한편으로 뭐야, 나를 못 봤구나 하고 안도하는 자신이 있었다. 세 여자의 죽음 때문에 예민해진 게 분명하다. 그리고 잘 생각해보면 세 여자의 죽음과 스기시타가 관련이 있는 건 아니지 않은가. 교통사고, 자살, 익사 사고…. 모두 살인 사건은 아니다. 다른 관점에서 보면 그는 결혼할 사람을 셋이나 잃은 불쌍한 남자다. 그런데 그를 의심하다니…. 사오리는 속으로 반성하면서 조수석 창 밖으로 흘러가는 불빛을 바라보았다.

차는 산길을 달려 점점 산속으로 깊이 들어간다. 민가도 점차 사라지고 가로등도 없다. 흙먼지밖에 없는 길을 스기시타의 SUV가 커다란 차체를 덜컹거리며 달려간다.

"저기… 대체 어디 가는 거야?"

사오리가 머뭇거리며 말을 걸어도 핸들을 잡은 스기시타는 말이 없다. 그 옆얼굴은 마치 뭔가를 결의한 것처럼 딱딱하게 굳어 있었다.

"스기시타 씨? 말 좀 해봐."

사오리가 그의 팔에 손을 가져간 순간, 차체가 덜컹 소리와 함께 한쪽으로 기울었다. 그 바람에 사오리의 상체가 옆으로 크게 흔들려 유리창에 호되게 머리를 찧고 말았다. 순간적으로 눈앞이 아찔할 만큼 통증이 극심했다.

…아파….

그러나 스기시타는 묵묵히 앞만 바라보고 있다. 깜깜한 차 안에서 계기반과 오디오의 불빛만이 아래쪽에서 스기시타의 얼굴을 비춰 불길한 그림자를 만들고 있다. 이 깊은 산속까지 들어와 대체 뭘 하려는 걸까? 몰래 휴대전화를 보니 통화권 이탈이다. 소리를 질러도 아무도 듣지 못한다. 사오리는 혹시 다른 차가 없는지 뒤를 돌아보았다. 그때 뒷좌석에 놓인 종이봉투가 보였다. 차체가 흔들릴 때마다 봉투 안에서 하얀 빛이 번뜩였다가 사라지기를 반복했다. 사오리는 겁에 질려 헉, 숨을 삼켰다.

저건 칼…!

돌연 차가 멈췄다. 급정차였다. 사오리는 뒷좌석 쪽으로 몸을 비튼 채 대시보드에 세게 부딪칠 뻔하다가 안전벨트 덕분에 겨우 충돌을 면했다.

"사오리 씨… 뒷좌석 봤어?" 사오리를 똑바로 응시하는 스기시타의 목소리는 딱딱하게 굳어 있었다. 흰자위가 어둠 속에서 수상하게 번들거렸다.

"아니… 아니! 깜깜해서 하나도 안 보여." 사오리는 필사적으로 고개를 저었다.

"정말로?" 스기시타가 위협하듯이 되물었다.

"정말, 이야…"

스기시타는 잠자코 사오리를 쏘아보다가 재빨리 팔을 뒷좌석으로 뻗었다.

난 이제 죽었구나!

사오리는 차문을 열려고 했지만, 운전석에서 잠금 기능을 걸어놔서 열리지 않았다. 사오리는 패닉에 빠져 미친 듯이 잠금 장치를 두드렸다.

"사오리 씨, 뭐 해?"

뒤에서 스기시타가 그녀의 어깨를 잡았다. 절체절명의 순간, 공포에 질려 돌아본 사오리의 눈에 스기시타의 손에 들린 은색의 반짝이는 물체가 보였다.

날 찌르려고…!

그녀는 그만 눈을 감았다.

"사오리 씨? 왜 그래?"

스기시타의 목소리에 머뭇머뭇 눈을 뜨자, 그의 손바닥 위에는 은색 포장지에 싸인 작은 상자가 놓여 있었다.

칼이 아니었구나….

온몸의 힘이 쭉 빠지면서 동시에 식은땀이 흘렀다.

"자기, 아까부터 좀 이상해. 괜찮아?"

"응, 미안해. 이제 괜찮아. 이건 내 선물이야? 기뻐."

사오리가 상자에 손을 뻗으려고 하자, 스기시타가 갑자기 정색하고 자세를 바로 했다.

"사오리 씨…."

"응?"

"나와 결혼해줘!"

스기시타가 사오리에게 상자를 내밀었다. 그녀는 잠시 어리둥절해 스기시타의 얼굴을 바라보았다. 서서히 전율이 흐르고 기쁨이 온몸을 채웠다.

"결혼? 나하고?"

"난 이제 자기 말고 다른 여자는 상상할 수도 없어. 부탁이야."

스기시타는 다시 한번 정중하게 상자를 내밀고 고개를 숙였다.

상자를 받아 들며 사오리는 무심코 앞유리 쪽으로 눈길을 향하다 깜짝 놀라 숨을 삼켰다. 시야 가득 아름다운 야경이 펼쳐져 있었다. 비로소 지금까지의 일이 이해가 되었다. 스기시타는 로맨틱한 장소에서 프러포즈하기 위해 열심히 차를 몰아 달려온 것이다. 무섭도록 딱딱한 표정이었던 것도 지금이라면 납득할 수 있다. 그는 긴장하고 있었던 것이다. 그것도 모르고 난….

"미안해."

무심코 중얼거리자, 스기시타가 울상을 지으며 고개를 들었다.

"미안하다고? 어째서? 나는 안 돼?"

"아, 아니. 물론 오케이야. 나도 자기 말고는 상상할 수도 없어."

"정말로? 아아, 다행이다!!"

스기시타가 사오리를 와락 끌어안았다. 그 따스한 품속에서 사오리는 행복을 음미했다. 드디어 만났어. 내 평생의 동반자. 이 사람과 함께 따뜻한 가정을 꾸리자….

"선물 풀어봐도 돼?"

"물론이지. 자기 마음에 들었으면 좋겠다."

사오리는 은색 포장지를 벗겼다. 어떻게 이걸 흉기로 오해할 수 있었을까. 반지치고는 약간 큰 상자를 열어보니 목걸이가 들어 있었다. 반지가 아니라서 조금 실망했지만, 펜던트에 박힌 보석의 광채가 너무 찬란해서 저도 모르게 감탄의 한숨이 흘러나왔다.

"이건 혹시… 다이아몬드야?"

사오리는 목걸이를 손에 들고 황홀하게 바라보았다. 체인 끝에서 1캐럿도 더 되어 보이는 보석이 달랑거리고 있었다.

"응, 출장 갔다가 자기한테 잘 어울릴 것 같아서 샀어. 어때? 난 이런 걸 고르는 데 자신이 없어서…."

소심하게 사오리의 눈치를 살피는 스기시타가 견딜 수 없이 사랑스러웠다.

"이렇게 멋진 선물은 처음이야." 사오리는 다정하게 말하고 스기시타에게 입맞춤했다.

"얼른 목에 걸고 보여줘."

스기시타는 사오리의 손에서 목걸이를 받아 들고 그녀의 목으로 가져갔다.

그가 목걸이를 채워주는 동안, 사오리는 자신의 가슴에서 흔들리는 광채에 넋을 잃고 있었다. 엄마나 결혼한 친구들도 이렇게 큰 다이아몬드는 안 가지고 있다. 아마 무척 비쌌을 것이다. 난 이토록 사랑받고 있구나. 불과 석 달 전만 해도 남친에게서 차이고 비참한 처지였는데, 지금은 이렇게 행복해질 줄이야.

"……!"

갑자기 체인이 목을 파고들었다. 숨을 쉴 수 없다! 사오리는 정신없이 스기시타를 밀어냈다.

"뭐 하는 거야!"

격렬하게 기침이 터져 나왔다. 눈물로 흐릿해진 시야에 스기시타의 얼굴이 보였다. 스기시타는 백짓장처럼 창백해져서 두 손으로 목걸이를 움켜쥐고 있었다.

"미, 미안해. 깜깜해서 고리가 안 보여서 여기저기 당기다가 줄이 엉켰나 봐…."

주뼛주뼛 사과하면서 스기시타가 사오리의 등을 쓰다듬었다. 소름이 끼쳐 사오리는 저도 모르게 스기시타의 손을 뿌리쳤다. 스기시타의 표정이 잠시 일그러졌지만, 그는 곧 마음을 가다듬은 듯 미소를 지었다.

"이번엔 제대로 잘할게. 자."

그가 다시 목걸이를 사오리의 목 쪽으로 가져왔다. 서늘한 체인의 감촉. 스기시타의 커다란 손이 무섭다. 자동차 안이라는, 단둘뿐인 밀실이 무섭다. 스기시타라는 남자의 존재 자체가 무섭다. 사오리의 뇌리에 세 여자가 떠올랐다. 가타야마 이츠코, 야마키 유카리, 후카와 유미…. 스기시타와 사귀다 죽은 여자들. 분명히 자신도 이대로….

"하지 마!"

사오리는 스기시타의 몸을 힘껏 밀쳤다. 그 바람에 목걸이
가 바닥에 떨어졌다. 어리둥절한 스기시타를 사오리는 매섭
게 쏘아보았다.

"날 집에 데려다줘!"

"뭐? 아니, 하, 하지만." 스기시타가 더듬거리면서 불만스
러운 듯이 말했다.

"내가 오늘 당신을 만난 건 엄마도 알아. 아까 그 공원에 있
던 젊은 애들도 내가 당신 차에 타는 걸 봤어. 그러니까 제발
날 집으로 돌려보내줘!"

그녀는 절규하듯이 부르짖었다. 스기시타는 순간 아연한
얼굴이었지만, 곧 어두운 표정으로 시동을 걸었다. 좁은 장소
에서 몇 번이나 전진과 후진을 반복해 간신히 진행 방향이 산
기슭 쪽으로 향했을 때에는 사오리의 눈에서 안도의 눈물이
흘렀다. 스기시타가 수상한 행동을 하지 못하게 사오리는 달
리는 내내 운전석을 주시했다. 스기시타는 점점 더 어두운 표
정으로 입을 꾹 다물고 느리게 차를 몰았다. 빨리 불빛이 있
는 곳으로 나가고 싶어. 빨리 집에 가고 싶어. 사오리는 오직
그 생각만 하면서 스기시타를 쏘아보았다. 사오리의 발치에
는 다이아몬드가 떨어져 뒹굴고 있었지만 그런 건 이미 안중
에도 없었다.

이상적인 남자

다음 날, 사오리는 눈을 떴다.

벌써 정오가 가까운 시각이다. 햇빛이 커튼 사이로 비치고, 작은 새들이 지저귀는 소리가 들렸다. 계단을 내려가자, 엄마가 점심을 준비하고 있었다. 평소와 다름없는 일상. 어젯밤 일이 마치 꿈만 같다. 하지만 그건 현실이다. 사오리는 결혼을 생각했던 상대의 손에 죽을 뻔한 것이다….

"어머, 일어났니? 웬 잠을 그렇게 자."

"응… 그냥 좀."

"오늘도 데이트 있지?" 엄마가 들뜬 어조로 말했다. 엄마는 스기시타를 무척 마음에 들어 하고 있었다.

"뭐?" 사오리는 깜짝 놀라 물었다. "아니, 안 만날… 건데."

"역시!" 엄마가 다 안다는 얼굴로 고개를 끄덕였다. "싸웠구나?"

"싸워?"

"실은 오늘 아침에 스기시타 씨가 왔었어."

"뭐?"

"잘은 몰라도, 어제 일을 사과하고 싶다고 하더라. 널 깨우려고 했지만 출근 전에 잠깐 들른 거라고 놔두라고 해서 안 깨웠어."

스기시타는 대체 어쩌자는 걸까.

"너와 할 얘기가 있다고 자주 가는 카페에서 6시에 기다리겠대. 나가봐."

엄마는 세상 태평하게 채소를 썰고 있다. 엄마는 모르는 것이다. 스기시타의 전 여자친구들… 결혼상담소에서 소개받은 세 여자가 모두 죽었다는 사실을. 그리고… 어제 사오리 자신도 살해당할 뻔했다는 것을.

"아니, 안 갈 거야."

말은 그렇게 했지만, 밝은 햇살 속에 있으니까 어젯밤의 일이 마치 거짓말처럼 느껴졌다. 어제는 스기시타가 왜 그렇게 무서웠을까? 정말로 죽일 작정이었다면 얼마든지 실행할 수 있었을 것이다. 사오리가 스기시타와 만나는 것을 엄마가 알고 목격자가 있다 해도, 그건 처음부터 그도 아는 사실이다. 어쩌면 단순히 오해가 쌓인 게 아닐까? 분명 어젯밤 그곳의 야경은 황홀했다. 목걸이도 화려하고 아름다웠다. 그는 요령이 없는 사람이다. 그런 그가 열심히 생각해 실행에 옮긴 서프라이즈였는데. 게다가 잘 생각해보니, 죽이려고 작정한 사람이 목걸이를 흉기로 선택할 리 없다. 더 확실한 도구, 예를 들면 칼이나 망치 같은 흉기가 주변에 얼마든지 있지 않은가.

"정말로 안 갈 거니? 너 그러다 후회한다. 스기시타 씨 같은 사람은 앞으로 절대 못 만나."

엄마는 채소를 썰던 손길을 멈추고 사오리 쪽으로 몸을 기울였다. 엄마의 말은 지당하다. 사오리도 어젯밤의 일이 점점 미안하게 느껴지기 시작했다.

하지만….

아무래도 역시 마음에 걸린다.

그것은 세 여자의 죽음이 그와 전혀 관계가 없다고는 도저히 생각할 수 없기 때문이다. 이 의혹이 해소되지 않는 한, 사오리는 결코 스기시타를 받아들일 수 없을 것이다. 그러나 주위에서는 그저 불행한 사고라고만 믿고 의심조차 하지 않는다. 사오리의 문의를 받은 경찰도 신문에 나온 것 이상의 정보는 알려주지 않았다. 세 여자의 사망의 연관성을 의심하는 사람은 사오리밖에 없는 것이다.

…아니, 잠깐만.

사오리는 식탁에서 벌떡 일어났다.

"잠깐 나갔다 올게!"

그렇게 말한 사오리는 서둘러 채비를 마치고 현관을 뛰쳐나갔다.

사오리는 버스를 타고 페이트로 향했다.

이노우에에게 이야기를 들어봐야겠다고 생각한 것이다.

그녀라면 죽은 세 여자를 알고 있다. 그리고 세 여자의 사망 전후의 자세한 경위도 알고 있을 것이다.

종점에 거의 다 와갈 즈음 날이 급격하게 흐려지더니, 화창했던 하늘이 시커먼 구름으로 뒤덮이고 눈 깜짝할 사이에 비가 억수같이 쏟아지기 시작했다.

도무지 운이 따라주지 않는다. 그 끝없이 긴 계단을 생각하면 페이트까지 가지 말고 그냥 전화로 물어볼까도 생각했지만, 내용이 내용인 만큼 이야기가 길어질 것은 자명했다. 그리고 무엇보다도 이노우에를 직접 만나 이야기를 듣고 싶었다. 그녀는 뭔가 알고 있을까? 알고 있다면 어떤 내용일까…. 그 모든 걸 빠짐없이 목소리부터 표정, 행동까지 낱낱이 살피고 싶었다.

종점에서 내린 사람은 사오리 혼자였다. 거기서부터 다시 200계단을 올라가야 한다. 항상 작은 양산 겸 우산을 가지고 다녀서 다행이지만, 하이힐을 신고 온 게 문제였다. 이노우에와 이야기한 결과에 따라 저녁에 스기시타를 만날 수도 있다. 그걸 예상하고 이탈리아 명품 하이힐을 신은 것이다. 스기시타를 이토록 의심하는 주제에, 그럼에도 이노우에가 명쾌하게 의문을 풀어주기를 기대하는 여심에서였다.

간신히 페이트에 도착해 인터폰을 누른다. 카메라가 달린 도어폰에 대고 이름을 말하자, 수건을 든 이노우에가 부랴부랴 현관문을 열었다.

"아이고, 세상에! 이렇게 흠뻑 젖어가지고. 가엾어라. 어서 들어와요."

사오리는 젖은 구두를 벗고 폭신한 슬리퍼로 갈아 신었다. 이노우에는 사오리에게 소파를 권하고 익숙한 솜씨로 홍차를 끓였다.

"갑자기 웬일이세요? 무슨 일 있었어요?" 마주 앉은 이노우에가 조심스럽게 사오리의 안색을 살폈다.

"실은… 스기시타 씨 일로…."

사오리가 입을 열기 무섭게 이노우에는 "아아!" 하고 안타까운 목소리로 탄식했다.

"도대체 뭐가 문제예요? 물론 사오리 씨 같은 도시 아가씨가 보기엔 조금 촌스러울 수도 있겠죠. 하지만 소탈해서 좋잖아요. 연봉도 위를 보면 한이 없지만, 요즘 세상에 나쁘지 않다고 생각해요. 부탁이니까 조금만 더 사귀어보면 어때요?"

이노우에는 속사포처럼 빠르게 말을 쏟아내고 애원하듯이 테이블을 두 손으로 짚었다.

"아뇨, 저기…." 그녀의 기세에 눌려 머뭇거리며 사오리는 입을 열었다. "그게 아니라… 스기시타 씨는 좋아요."

"어머, 그래요? 그럼 뭐가 문제죠?"

"실은 그 사람의 전 여친들에 대해 조금….”

"왜요, 전 여친 누가 쳐들어왔어요?"

"아뇨, 저어… 사망하신 거 맞죠? 이쪽에서 소개한 세 분 모두 다요.”

이노우에는 잠시 어리둥절한 표정이었지만, 곧 크게 고개를 끄덕이고는 "네, 가타야마 씨, 야마키 씨, 후카와 씨 모두요. 너무 안됐어요"라고 착 가라앉은 목소리로 말했다.

"그래서 그 세 분이 무슨 관계가 있나요?"

"아뇨, 좀 부자연스러워서요. 스기시타 씨와 사귀었던 세 사람이 전부 죽었다는 게….”

"설마… 스기시타 씨를 의심하는 거예요?"

"네.”

"그리고 오늘 여기 온 이유가 그거고요?"

"네.”

이노우에는 잠자코 고개를 숙인 채 한동안 테이블을 바라보고 있었다. 아니, 그런 줄 알았는데, 점차 어깨가 가늘게 떨리기 시작하더니 점점 커져서 온몸을 흔들어대다가 급기야 참지 못하고 소파에 쓰러져버렸다.

"아하하! 사오리 씨, 상상력이 너무 풍부해요!"

이노우에는 소파에 쓰러져 배를 쥐고 웃다가 눈물을 닦으면서 몸을 일으켰다. 이번에는 사오리가 어리둥절할 차례였다.

"있죠, 아무리 시골이라도 엄연히 경찰도 있고 수사도 다해요. 물론 연인이었던 스기시타 씨도 조사는 받았지만, 그때마다 다 알리바이가 있었어요."

"네? 그런가요?"

"네, 그것도 가족과 함께 있었다거나 하는 모호한 알리바이가 아니에요. 내 기억에 가타야마 씨 때에는 아마 해외 출장 중이었고, 야마키 씨 때에는 거래처에서 프레젠테이션 중이었어요. 후카와 씨 때에는… 뭐였더라, 지역 방송국에서 회사 방문 프로그램을 촬영하러 나온 사람들을 응대 중이었던가? 아무튼 의심의 여지가 없는 확실한 알리바이였어요. 당연히 제일 먼저 용의선상에서 제외되었고요."

"그랬군요…."

"그리고 의심스러운 점이 있으면 유족들이 가만히 있겠어요? 세 건 모두 불행한 사고였다는 게 이미 증명됐어요."

의혹은 시원하게 해결되었다. 허무하다. 그토록 고민했던 자신이 바보 같아서 사오리는 무심코 웃음을 터뜨렸다. 그러자 이노우에가 덩달아 또 폭소를 했다. 그렇게 한참이나 서로의 얼굴을 보면서 웃고 또 웃었다.

"어떡해요. 제가 너무 바보 같아요."

"이번엔 스기시타 씨와 사오리 씨가 꼭 잘돼야 해요. 그래 야 나도 성공 보수를 받죠."

한바탕 웃고 나서 친근해진 덕분인지 이노우에가 솔직하 게 속내를 털어놓았다.

"네… 어쩌면 머지않아 성공 보수를 드리게 될지도 몰 라요."

"어머, 정말요?" 이노우에가 반색하며 물었다.

"실은 어제 프러포즈를 받았거든요."

"세상에!"

"하지만 오해가 좀 있어서 싸웠는데요, 오늘 만나서 화해 할 거예요."

"그래요. 꼭 그렇게 해줘요. 오늘은 정말 경사스러운 날이 네요. 잠깐만 기다려봐요."

그러면서 이노우에는 자리를 뜨더니 잠시 후 롤케이크가 담긴 쟁반을 들고 돌아왔다.

"오늘은 특별한 날이니까 축하해야죠."

이노우에는 장난스럽게 혀를 날름 내밀고는 콧노래를 흥 얼거리며 롤케이크를 잘랐다. 하지만 정작 자신의 몫으로는 사오리에게 덜어준 양의 반 정도만 잘라 접시에 덜었다.

"아… 저만 이렇게 많이 주시면…."

"아유, 괜찮아요, 괜찮아요. 난 지금 다이어트 중이거든요."

이노우에는 통통한 손을 입가에 대고 깔깔 웃었다.

"그러세요?"

"한약도 먹고 이것저것 다 해보는 중인데 단걸 너무 좋아
해서 잘 안 되네요…."

그렇게 푸념하면서 케이크를 오물거리는 이노우에가 사오
리의 눈에는 매력적으로 보였다.

"이노우에 씨는 결혼하셨어요?"

"우후후, 이런 일을 하면서 좀 그렇지만 실은 아직 싱글이
에요. 나이는 사오리 씨와 동갑이고요."

"어머, 그러셨군요."

"뚱뚱해서 나이 들어 보이죠?"

"아뇨, 전혀요…"라고 부인했지만, 솔직히 50대 아줌마인
줄 알았다.

"괜찮아요. 이 직업은 관록이 좀 있어 보여야 신뢰를 얻을
수 있으니까요."

그렇게 말하면서 또 깔깔 웃는다. 같은 나이에 이렇게 사업
을 일구고 성공으로 이끈 것에 대해 같은 여성으로서 사오리

는 감탄했다. 확실히 다른 사람에게 안도감을 주는 인상을 가지고 있기에 가능한 성공이었을지도 모른다.

"어머, 비가 좀 잦아든 것 같네요."

창 밖을 보니 하늘이 희미하게 밝아오고 있었다.

"스기시타 씨와 만나기로 했다고 했죠? 몇 시에 어디서요?"

오후 6시에 역 앞 카페라고 말하자, 이노우에는 벽시계를 보았다. 시곗바늘은 4시 반을 가리키고 있었다.

"스기시타 씨는 아직 퇴근 전이겠지만, 비가 좀 잦아들었을 때 가는 게 낫겠어요. 오늘 만나서 프러포즈의 대답을 할 거죠?"

사오리보다 더 기뻐하는 이노우에의 재촉에 못 이겨 사오리는 현관으로 갔다. 하이힐 속에는 어느새 습기를 흡수하는 깔창이 깔려 있었다. 세심한 배려에 사오리의 마음이 따뜻해졌다.

프러포즈에 대답하면 곧바로 결혼 보고를 하러 오기로 약속하고, 사오리는 사무실을 나섰다. 굽이 푹푹 빠지는 진흙탕을 지나 간신히 계단 앞에 도착했다. 30분에 한 대밖에 없는 버스를 놓치면 낭패다. 사오리는 서둘러 콘크리트 계단을 내려가기 시작했다.

그때였다. 누군가가 등을 떠밀어 사오리는 200계단을 거꾸로 굴러떨어졌다. 머리와 몸이 수없이 콘크리트에 부딪친다. 어지럽게 빙빙 도는 시야 저 멀리 시커먼 그림자가 보였다.

…스기시타 씨다….

스기시타는 줄곧 사오리를 감시하고 있었던 걸까? 역시 모든 게 그의 짓이었음이 분명하다. 사오리가 의심하기 시작한 것을 알고 서둘러 해치우러 온 것이리라.

몽롱해지는 의식 속에 다시 사람의 그림자가 시야에 들어왔다.

…아니, 아니야. 스기시타 씨가 아니야.

저건… 저 사람은….

사오리의 몸이 계단 밑에 내동댕이쳐졌다. 급격하게 한기가 몰려오고 눈앞이 점차 캄캄해지더니 거기서 의식이 툭 끊겼다.

…됐어. 또 하나 처리했다.

이노우에는 200계단 위에서, 피투성이가 되어 쓰러져 있는 사오리를 만족스럽게 내려다보았다. 비 오는 날 저런 하이힐을 신고 이 계단을 오르내리는 건 자살 행위다. 머리가 수

박처럼 제대로 쪼개져버렸다. 슬쩍 밀기만 했을 뿐인데 낙승이었다.

　…누가 너 따위한테 케이지 씨를 뺏길 줄 알고?

　이노우에는 흥, 코웃음을 쳤다.

　사랑하는 케이지. 그가 처음 상담소를 찾아왔을 때부터 사랑하고 말았다. 그가 다른 여자와 결혼하는 것은 결코 용납할 수 없다. 하지만 여자를 소개하지 않을 순 없다. 그가 회원을 탈퇴하면 다시는 만날 수 없으니까.

　그래서 그가 좋아할 만한 여자들을 물색해 소개했다. 그리고 프러포즈를 받았다는 말을 들으면 처치해버린다. 괜찮아. 증거는 안 남아. 첫 번째 여자는 깜깜한 밤길에 차도로 밀어버렸다. 두 번째는 가정 방문을 핑계로 집에 찾아가 술을 먹여 재운 다음, 수건을 고리 모양으로 만들어 목에 걸고 문손잡이에 묶었다. 세 번째는 해수욕장에서 우연히 만난 척하면서 인적 없는 곳에서 머리를 눌러 익사시켰다.

　그리고 이번 여자, 요시모토 사오리.

　벌써 프러포즈를 받았다고 해서 깜짝 놀랐다. 덕분에 처리를 서두를 수밖에 없었다. 너무 금방 네 번째 여자가 죽으면 자신에게도 의심이 향할 수 있으니까 최대한 오래 사귀기를 바랐지만 어쩔 수 없다. 롤케이크를 가지러 갔을 때 몰래 하이힐 굽을 헐겁게 해두었다. 미끄러운 진흙이 잔뜩 묻은 구두에 헐거운 굽. 그녀의 죽음은 아마 사고로 처리될 것이다. 실제로 자신이 안 밀었어도 그녀는 분명 굴러떨어졌을 것이다.

아아, 이 성취감이 너무 좋아. 저도 모르게 콧노래가 흘러나왔다.

기다려줘요, 케이지 씨. 곧 당신 취향에 맞는 여자가 될게요. 지난 3년 동안 쌍꺼풀 수술을 하고 코에 필러를 맞고 턱을 깎았으니까 이제 살만 빼면 돼요. 다이어트도 꼭 성공해야지. 안 그러면 몇 명을 죽여도 안 끝나니까. 최소한 앞으로 둘… 아니, 앞으로 한 명만 더 소개해줄 때까지 20킬로그램을 빼자.

그러니까 빨리 내 마음을 알아줘요. 모든 건 당신을 위해서예요. 당신과 나의 미래를 위해서.

"자, 또 새로운 상대를 물색해보실까."

그녀는 노래하듯이 혼잣말로 중얼거리며 사무실 문을 열었다.

Marriage
activity

결혼 활동 매뉴얼

2

만원 전철에 흔들리면서 케이스케는 문득 주위를 둘러보
았다.

이마가 벗겨진 남자, 뚱뚱하고 개기름이 흐르는 남자, 못생
긴 개그맨과 꼭 닮은 남자… 여성들 대부분이 생리적으로 싫
다고 거부할 것 같은 중년 남자들이 우글우글하다. 심지어 외
모만 그런 게 아니라 몸에 걸친 양복과 구두, 손목시계 등을
봐도 경제적으로 여유롭다고 생각하긴 힘들다.

그런 남자들의 대부분이 왼손 약지에서는 결혼반지가 반
짝이고 있다. 이 남자들과 평생을 함께하기를 원한 여자가 있
고, 그리고 그녀에게는 무엇과도 바꿀 수 없는 존재라고 상상
하니 케이스케의 가슴은 서서히 뜨거워졌다.

평일 저녁, 전철 안에서 검은 양복에 검은 넥타이를 맨 사

람은 케이스케뿐이다. 그는 지금 고등학교 동창생의 장례식에 다녀오는 길이다.

서른 살에 아직 미혼이었던 친구는 집에서 뇌출혈로 쓰러져 그대로 세상을 떠나고 말았다. 심지어 여섯 달 동안 아무도 그의 죽음을 몰랐다. 프리랜서 사진작가였던 그는 매일 출근하는 직업이 아니라서, 주위에서는 그가 출사를 나간 줄 알았다고 한다. 부모님은 이미 세상을 떠났고 여자친구도 없었다. 자동 이체 계좌의 돈이 바닥나 월세가 연체되자, 그제야 비로소 부동산 중개인이 그를 찾아왔다. 그리고 잠긴 문을 따고 들어갔을 때, 그는 이미 미라가 된 상태였다고 한다.

고독사는 노인들만의 문제라고 생각했었다. 하지만 케이스케는 그것이 한창 일할 나이인 동갑인 사람에게도 일어날 수 있는 일임을 목격하고 만 것이다.

만약에 그 친구가 기혼자였다면 아내가 당장 구급차를 불렀을 것이다. 그랬다면 아마 죽지 않았겠지….

그렇게 생각하자, 아직 미혼에 1인 가구인 케이스케에게는 남의 일처럼 느껴지지 않았다. 그리고 장례식이 끝날 무렵에는, 누군가와 인생을 함께해서 빨리 가정을 꾸리고 싶다고 간절히 생각하게 된 것이다.

케이스케는 결혼 활동을 하기로 마음먹었다. 하지만 구체적으로 뭘 어떻게 해야 좋을지 알 수 없었다.

키 173센티미터, 몸무게 67킬로그램… 결코 나쁘지 않다고 생각한다. 얼굴도 못생긴 편은 아니다. 남고를 나와 대학도 여학생이 적은 이공계학부를 졸업한 케이스케는 연애 쪽으로는 늦된 편이었다. 지금까지 제대로 사귀어본 여자는 세 명뿐이다. 그것도 여자 쪽에서 먼저 고백해 사귀었을 뿐, 자신이 먼저 대시한 적은 한 번도 없다. 가까운 데서 찾으려 해도 프로그래머로 일하는 지금 직장에는 만남의 기회 자체가 없다. 직원도 적은데다 여자는 다 유부녀뿐이다.

그러다 보니 자연스럽게 서점에서 결혼 활동 매뉴얼 서적을 집어 들고 있었다. 입시와 취직 때에도 참고서와 매뉴얼에 의지해온 세대다. 뭐라도 좋으니 일단 길잡이가 필요했다.

집으로 돌아와 재빨리 목차를 펼친다. '상대를 선택하는 법' '대화 방법' 등 여러 챕터가 있지만, 일단은 '만남의 기회를 만드는 법'부터 시작이다.

결혼상담소는 가입비 같은 초기 비용이 들지만 신용은 있는 듯했다. 연애 사이트는 편리하지만 상대를 직접 만나볼 수 없다는 불안감이 남는다. 전통적인 맞선과 미팅 등 다양한 만남 방식의 장단점이 알기 쉽게 설명되어 있었다. 페이지를 넘기던 케이스케의 손길이 갑자기 멈췄다.

거리 미팅.

일반 미팅은 본인이 직접 인원을 모아야 하는 데 반해 거리 미팅은 주최자가 따로 있어 사람을 모아준다. 장소도 물색할 필요가 없다. 미팅과 파티의 장점만을 결합… 그렇게 쓰여 있었다.

흥미가 생긴 케이스케는 인터넷으로 거리 미팅을 검색해 보았다.

20대 한정, 90년대 이후 출생자 한정, 서른 안팎 한정… 기획도 다양하고, 주최 업체도 다양하다. 이것저것 살펴보는 동안 '첫 참가자에게도 추천, BBQ 미팅'이라는 글귀가 눈에 들어왔다. 바비큐를 하면서 이상형을 찾는 기획 같았다. 술집이나 레스토랑에서 만나는 것과 달리 야외라 개방감도 있고, 채소를 손질하고 고기를 굽는 동안 대화가 활기를 띤다고 추천 포인트에 나와 있다.

하긴 레스토랑에서 마주 앉아 있는데 대화가 끊기면 몹시 난감하다. 그 점에서 바비큐라면 어느 정도는 대화가 활기를 띨 수 있지 않을까.

당장 인터넷으로 신청하기로 마음먹었다. 남성은 참가비 7,500엔. 설사 마음에 드는 상대를 만나지 못해도 바비큐를

결혼 활동 매뉴얼

즐긴 걸로 만족하면 된다고 생각하면서 신용카드로 결제를 마쳤다.

당일은 화창하고 기분 좋은 가을날이라 바비큐에는 최적의 날씨였다. 케이스케는 만남 장소인 BBQ파크로 향했다.

결혼 활동 책에 나온 대로 머리를 단정하게 자르고, 수염을 깎고, 손톱을 짧게 깎았다. 첫인상은 청결감이 가장 중요하니까.

넓은 파크 안에서는 벌써 가족 단위 손님들이 삼삼오오 바비큐를 시작하고 있었다. 케이스케는 핑크색 깃발을 든 주최 측 관계자를 찾아 접수를 마쳤다.

"제비뽑기로 테이블을 정해주세요."

케이스케가 뽑은 제비에는 ⑤라고 적혀 있었다.

5번 테이블로 갔지만, 아직 아무도 없다. 주위를 둘러보니 테이블은 6번까지 있었다. 테이블 위에 차려놓은 종이접시를 보니 한 테이블당 네 명인 것 같았다. 그렇다면 참가자는 스물네 명인가. 다른 테이블에는 벌써 몇 명이 둘러앉아 자기소개를 시작하고 있었다.

…어떤 아가씨가 올까.

새삼스럽게 긴장되기 시작했다. 케이스케는 테이블 옆에

놓인 아이스박스에서 캔 맥주를 꺼내 마개를 땄다.

"5번이 여기 맞죠? 오늘은 잘 부탁드려요."

막 한 모금 마시려는 순간, 뒤에서 발랄한 목소리가 들렸다. 당황해 입가를 훔치며 돌아보니 하얀 모자에 청바지 차림의 여성이 서 있었다. 피부가 하얗고 몸매도 날씬하고 얼굴도 상당한 미인이었다.

"저… 앉아도 될까요?"

넋 놓고 눈길을 빼앗긴 케이스케에게 그녀가 고개를 갸웃하며 물었다.

"아, 네. 그럼요! 앉으세요. 뭐 좀 드시겠어요?" 케이스케는 들뜬 목소리로 맞은편 자리를 권하면서 아이스박스를 열었다. "맥주, 과실주, 칵테일, 탄산음료… 뭐든지 다 있네요."

"음… 그럼 전 칵테일로 할게요. 야스코 선배는요?"

"음, 난 맥주."

주고받는 말소리에 비로소 어라? 하고 케이스케는 고개를 들었다. 흰 모자를 쓴 미녀에게만 정신이 팔려 한 명이 더 있는 걸 몰랐던 것이다. 하지만 안타깝게도 빈말로라도 예쁘다고는 하기 힘든 여자였다. 몸매는 통통과 뚱뚱의 미묘한 경계선. 안됐지만 흰 모자를 쓴 미녀의 들러리나 다름없는 신세다.

"저는 야베라고 합니다. 야베 케이스케입니다."

"우에하라 아이나예요." 흰 모자가 고개를 살짝 숙여 인사했다.

"타부치 야스코예요." 들러리가 자신을 소개했다. 고리타분한 이름마저 못생긴 여자를 연상시켜서 안쓰러울 정도였다.

"친구분들끼리 참가하신 건가요?"

칵테일과 맥주를 두 여자에게 건네주면서 케이스케가 물었다. 자연스럽게 말을 거는 자신이 스스로도 놀라웠다. 오로지 아이나와 친해지고 싶은 일념 덕분이었다.

"친구라기보다 야스코 선배는 직장 선배예요."

"그러시구나. 무슨 직장이세요?"

"저희는 간호사예요."

야스코가 대답했다. 너한테 안 물어봤어! 라고 속으로 태클을 걸면서도 머릿속으로는 간호사복을 입은 아이나를 상상하고 있었다.

싱글벙글하고 있을 때 5번 테이블의 마지막 참가자가 왔다. 약간 서퍼 같은 느낌의 잘 놀게 생긴 남자는 자신을 타카기라고 소개했다. 타카기는 아이나와 야스코를 쓱 쳐다보고는 시선을 아이나에게 고정했다. 그가 아이나로 목표를 정한 것은 명백했다.

"에, 여러분. 다 오셨습니까."

사회자가 마이크에 대고 말하는 소리가 들렸다.

"시작하고 40분 동안은 테이블을 옮길 수 없지만 그 이후는 프리 타임입니다. 자, 그럼 바비큐를 마음껏 즐기시기 바랍니다. 건배!"

사회자의 선창과 함께 여기저기서 캔을 부딪치는 소리가 들렸다. 1번부터 6번 테이블까지 다 둘러봐도 아이나가 단연 예쁜 것은 확실하다.

…마음에 드는 여자를 만나면 적극적으로 행동할 것.

매뉴얼을 떠올리면서 케이스케는 맥주 캔을 꽉 움켜쥐었다.

"아이나 씨는 어디 살아?"

"아이나 씨는 어떤 음악을 좋아해?"

"아이나 씨, 이탈리아 요리 좋아해? 내가 잘하는 레스토랑을 아는데."

넷이 함께 조리장으로 이동해 채소를 씻기 시작하자 타카기가 노골적으로 아이나에게 대시하기 시작했다. 케이스케도 적극적으로 행동하기로 마음먹었지만, 초보자에게는 쉽지 않은 일이다. 선수를 뺏겨 내심 조바심치면서도 케이스케는 야스코에게 말을 걸었다. 예쁜 여자와 못생긴 여자를 차별 없이 대하는 게 매너라고 책에 나와 있었기 때문이다.

"간호사 일은 많이 힘드시겠어요."

"그런 편이죠."

야스코는 붙임성 있게 고개를 끄덕였다.

"몇 년 정도 일하셨어요?"

"전 고등학교 때부터 간호과라서 스무 살에 간호사가 됐어요. 올해 서른이니까 딱 10년 됐네요."

야스코의 이야기에 맞장구를 치면서도, 케이스케의 귀는 아이나의 목소리를 좇고 있었다. 사는 곳은 미나토구, 음악은 쇼팽의 피아노곡을 자주 듣는다. 이탈리아 요리는 좋아하지만 직접 만들어 먹는 걸 더 좋아해서 외식은 잘하지 않는다….

알면 알수록 더 괜찮은 여자군, 아이나 씨는.

미나토구에 위치한 그녀의 집에서 쇼팽의 음악을 들으며 그녀가 해준 이탈리아 요리를 먹는다면 얼마나 근사할까.

"하지만 간호사 10년이면 아직 멀었어요. 지금도 여전히 환자분들께 배우는 게 많아요. 어지간한 처치는 다 할 수 있게 됐지만 그래도 아직 더 갈고닦아야 한다고 늘 반성해요."

망상에 빠진 케이스케는 야스코의 말을 한 귀로 듣고 한 귀로 흘리고 있었다.

"아베 씨는 이과 계열이시죠. 프로그래머는 어떤 일을 하나요?"

야스코가 뭐라고 묻고 있었지만 케이스케는 거기에 신경 쓸 여유가 없었다. 타카기가 아이나와 너무 붙어 있다. 어떻게 하면 저 둘을 떼어놓을 수 있을까. 그런 생각에 안절부절 못하고 있었던 것이다.

"아베 씨?"

야스코의 목소리에 퍼뜩 정신이 돌아왔다.

"미안해요. 뭐라고 하셨죠?"

"하시는 일의 내용이요."

"아, 그건….'

건성으로 대답하는 동안에도 케이스케의 온 신경은 타카기와 아이나에게 쏠려 있었다.

"저기요."

채소를 다 썰고 나서 아이나가 입을 열었다.

"조리장은 좁기도 하고 식칼도 두 개뿐이니까 저랑 야스코 선배랑 둘이 채소를 손질하는 게 빠를 것 같아요. 남자분들은 불을 피워주시겠어요?"

"알았어." 타카기가 약간 떨떠름한 표정으로 대답했다. "야베 씨, 갈까?"

"네."

케이스케는 타카기와 둘이 테이블로 돌아왔다.

"이야, 아이나 씨 진짜 예쁘네. 나이도 아직 스물여덟이군."

건배 후에 교환한 자기소개 카드를 다시 훑어보면서 타카기가 익숙한 솜씨로 숯불을 피우기 시작했다.

"그동안 결혼 활동 파티에 많이 참석해봤지만, 그렇게 예쁜 아가씨는 처음 봤어."

"타카기 씨는 결혼 활동을 많이 해보셨습니까?"

"한 1년쯤 됐나? 근데 좀처럼 인연을 만나기가 힘들더라고."

벌겋게 달아오른 숯에 입으로 후후 바람을 불면서 타카기가 말했다. 약간 경박해 보이는 인상이지만 외모는 괜찮은 편이다.

"타카기 씨라면 여자들이 먼저 다가올 것 같은데요."

케이스케가 솔직하게 말하자, 타카기는 고개를 가로저었다.

"까놓고 말해서 인기가 없는 건 아니었어. 하지만 주위 친구들이 하나둘 결혼해버리고, 정신을 차려보니 어느새 나 혼자 남았더라고. 노는 걸 좋아해서 여자들이 보기에 신랑감으론 별로였나 봐. 물론 지금도 내키면 헌팅을 할 때도 있어. 하지만 쉽게 오케이하는 여자하고는 결혼하기 싫잖아? 그런 점이 모순이지만. 아무튼 내 나름대로 진지하게 결혼 활동을 하고 있어."

"그랬군요."

"내가 보기엔 야베 씨도 괜찮은 편이야."

"제가요? 설마요."

"야베 씨는 연봉이 500만 엔이잖아. 요즘 세상에 그 정도면 고스펙이야."

"500만 엔이요?"

케이스케는 깜짝 놀랐다. 혼자 살기에도 결코 풍족하다고는 할 수 없는 액수인데.

"웬만한 결혼 활동 사이트에서는 의사와 변호사는 당연하고, 공무원과 연봉 500만 엔 이상도 고스펙에 들어가."

"헐…."

"패션이 약간 별로지만 얼굴은 그럭저럭 괜찮은 편이니까. 주위 남자들을 봐봐. 오타쿠같이 생긴 놈들이 많잖아."

확실히 남성 참가자는 남자가 봐도 인기 없을 것 같은 사람뿐이다. 지저분해 보이는 사람, 아이돌 티셔츠를 입은 사람, 애니 이야기만 늘어놓는 사람, 저질스러운 농담을 던지는 사람….

"까놓고 여자들 수준도 꽝이고. 행사장에 처음 들어왔을 땐 솔직히 실망했었어. 특히 그 못난이 말이야."

닭고기를 철판에 올려놓으면서 타카기가 말했다. 못난이란 게 야스코를 가리키는 말임은 명백하다. 그 노골적인 표현에 깜짝 놀라 케이스케는 저도 모르게 타카기를 똑바로 쳐다보았다.

"왜? 나쁜 놈이라고 생각해?"

타카기가 놀리는 어조로 물었다.

"아, 아뇨."

"하지만 야베 씨도 속으론 그렇게 생각하잖아. 안 그럴 리가 없어."

그렇다. 자신도 속으로는 상당히 못된 생각을 하고 있었다. 타카기처럼 입에 담지 않았을 뿐.

"하지만 아이나 씨가 참가했으니까 상관없어. 말 그대로 군계일학이지. 난 아이나 씨를 노릴 거야. 야베 씨도 그렇지?"

"네, 뭐."

"역시."

닭고기를 다 올려놓고 타카기는 과실주 캔을 땄다.

"그럼 야베 씨하고 난 라이벌이네."

타카기가 씩 웃었다.

두 여자가 테이블로 돌아오자, 타카기는 재빨리 아이나 옆에 앉아 말을 걸었다. 당당하게 선전 포고까지 당하고 나니 케이스케로서는 끼어들기가 쉽지 않았다. 다시 야스코와 대화를 하려고 했지만 그녀는 "아! 쌀 씻어놓고서 두고 왔다!" 하면서 급하게 조리장으로 가버렸다. 심심해진 케이스케는 묵묵히 철판 위에 채소를 올려놓았다.

올려놓으며 보니 채소가 아주 고르고 예쁘게 썰려 있다. 크기도 일정하고, 잘 안 익는 채소는 얇게 슬라이스로 썰었고, 표고버섯에는 십자로 칼집까지 나 있다. 케이스케가 채소를 유심히 들여다보자 "너무 들여다보지 마세요. 칼이 잘 안 들어서 평소보다 엉망이에요"라며 아이나가 부끄러운 듯이 말했다.

"아뇨, 굽기 편하게 잘 썰려 있어서 감탄했어요."

"그런가요? 그럼 다행이고요."

"이건 아이나 씨가 썬 건가요?"

"네."

과연 요리를 좋아한다고 할 만하네. 케이스케는 내심 감탄했다.

"언젠가 먹어보고 싶다, 아이나 씨의 요리."

타카기가 농담처럼 말하며 아이나의 어깨에 슬며시 손을 얹었다.

아, 저건 NG인데.

처음 만난 자리에서 보디 터치는 기본적으로 금물이라고 매뉴얼 책에 나와 있었다. 아니나 다를까, 아이나는 "뭐예요, 타카기 씨"라고 하며 자연스럽게 타카기의 손을 어깨에서 치웠다.

하지만 타카기도 나름대로 진지하게 아이나와 커플이 되기 위해 노력하고 있는 것이다. 케이스케라고 질 수는 없다. 여기서부터는 매뉴얼을 떠올리며 센스 있게 행동해야 한다.

"미안해요. 기다리셨죠."

야스코가 쌀이 담긴 소쿠리를 들고 돌아왔다. 묵직한 뜀박질. 그 몸매 탓에 우둔하고 덤벙거리는 인상을 준다. 간혹 아무렇게나 썬 채소가 섞여 있었는데, 야스코가 썬 채소가 분명했다.

"괜찮아요. 야스코 씨도 앉으세요. 슬슬 닭고기도 다 익어가니까."

케이스케는 친절하게 말하고 야스코에게 자리를 권했다.

또다시 박애주의 매너. 적극적으로 음식을 모두에게 덜어 주는 것도 좋은 인상을 준다고 해서, 잘 익은 고기와 채소를 각자의 접시에 놓아주었다.

"이렇게 전부 다 해주셔서 감사해요."

고마워하는 아이나에게,

"아뇨, 아뇨. 타카기 씨가 불도 피우고 닭고기도 구워주셨는걸요."

이렇게 대답해두었다. 남성 참가자가 어떤 여자 인맥을 가졌을지 알 수 없으니 나중을 위해 예의 바르게 대해서 자기편으로 만들어놔야 한다고 매뉴얼 책에 나와 있었기 때문이다. 효과가 있었는지 타카기가 "야베 씨는 좋은 사람이네"라며 기쁜 얼굴로 씩 웃었다.

프리 타임에 접어들자마자 예상대로 남자들이 5번 테이블로 몰려들었다. 물론 아이나가 목적이다. 하지만 타카기와 케이스케도 벤치에서 꼼짝 않은 채 타카기는 아이나의 옆자리를, 케이스케는 맞은편 자리를 사수하고 있었다. 하지만 아이나는 남자들의 질문 공세에 답하느라 거의 대화를 나눌 수 없었다. 할 수 없이 혼자 과실주 캔을 홀짝이는 야스코를 통해 아이나의 정보를 수집하기로 했다.

"아이나 씨는 직장에서는 어때요?"

"명랑하고 사교적이라 인기가 아주 많아요."

야스코는 생글생글 웃으며 대답했다.

"이 파티에 온 걸 보면 아이나 씨는 남자친구가 없나 보죠?"

"네, 맞아요."

"진지하게 결혼 상대를 찾는 걸까요?"

"음, 솔직히 말하면 제가 억지로 조르긴 했어요…."

"앗, 그래요?"

"네" 하고 야스코는 수줍어하며 대답했다. "이런 데 참가하려면 용기가 필요하잖아요. 그래서 같이 와달라고 졸랐어요."

"그랬구나…."

그렇다면 아이나 같은 미인이 결혼 활동 이벤트에 참가한 것도 납득할 수 있다.

"아이나는 착한 애라 별말 없이 같이 와줬어요. 다른 후배한테는 부탁하기가 좀 그렇더라고요."

케이스케는 야스코에게 조언해주고 싶었다. 아이나같이 예쁜 여자를 데려온 건 큰 실수라고. 하지만 물론 그럴 순 없으니까 그저 "그렇군요" 하고 고개만 끄덕였다. 그보다 쉬는 날에 일부러 선배의 결혼 활동에 동행해주다니, 아이나는 확실히 착한 여자다.

"하지만 아이나는 아마 귀찮았을 거예요. 어디를 가도 곤란할 정도로 인기가 많으니까요."

남자들에게 둘러싸여 응대하기 바쁜 아이나를 보면서 야스코는 온화하게 말했다. 그녀는 무심한 성격이라 자신이 들러리로 전락한 것도 모르는 것 같았다.

"야스코 선배, 식사가 될 만한 걸 만들어볼까요?"

응대하기 힘들어졌는지 남자들을 쫓아버리려는 듯이 아이나가 몸을 일으켰다.

"죄송합니다. 요리를 끝내야 돼서요. 장소를 좀 비워주세요."

아이나가 남자들에게 말했다. 다른 테이블로 가달라는 선언이다. 남자들이 마지못해 흩어지기 시작했다. 그중에 몇몇은 "이건 내 라인 아이디예요"라며 쪽지를 건네기도 했다.

"그래, 슬슬 만들자."

야스코도 몸을 일으켰다. 그리고 둘이 함께 남은 채소와 고기를 철판 위에 올리기 시작했다.

"어, 또 굽게요? 밥은요?"

다른 테이블은 대부분 반합에 밥을 짓고 카레를 만드는 중이라, 먹고 남은 걸 다시 철판에 올리는 두 사람이 의아했다.

"다 되고 난 뒤에 보세요."

아이나가 장난스럽게 후후 웃었다. 그런 표정도 참을 수 없이 귀여웠다.

"어머, 마실 게 없네요, 주최자한테 가서 좀 받아다주시겠어요?"

아이나의 부탁에 타카기와 케이스케는 자리에서 벌떡 일어났다.

"아이나 씨가 다른 남자에게 별로 관심이 없는 것 같아. 이거 잘하면 야베 씨와 나의 1대1 승부가 되겠는데."

타카기가 진지한 표정으로 중얼거렸다. 바비큐도 거의 종반에 접어들었으니까, 잠시 후면 승부가 나는 것이다.

아이스박스에 음료와 얼음을 채우고 테이블로 돌아오니, 철판은 알루미늄 포일로 덮여 있었다. 뭘 만드는지 갈수록 수수께끼다.

"20분 정도 기다려야 돼요."

야스코가 말했다. 기다리는 동안 넷이 이런저런 이야기를 나누었다. 다른 테이블의 남자들이 부러운 눈길로 쳐다본다. 케이스케는 5번 테이블을 뽑은 자신을 칭찬해주고 싶었다.

"슬슬 다 됐으려나."

아이나가 알루미늄 포일 덮개를 벗겼다. 철판 위에는 노랗

게 물든 밥이 납작하게 깔려 있고 그 위에 피망과 가지, 토마토, 고기, 새우 등이 토핑되어 있었다. 맛있는 냄새와 알록달록한 비주얼이 식욕을 자극했다.

"와, 이게 뭐예요?"

케이스케의 질문에 아이나가 대답했다.

"파에야예요. 남은 재료로도 만들 수 있을 만큼 의외로 쉬워요. 그렇죠?"

아이나가 말하자, 야스코도 "응" 하고 고개를 끄덕였다.

"쌀에 색은 어떻게 입혔어? 설마 사프란을 가져온 거야?"

요리에 대해 좀 아는지 타카기가 물었다.

"설마요. 대신 이걸 사용했어요."

아이나는 생글생글 웃으면서 작은 강황차 페트병을 아이스박스에서 꺼내 보였다.

"강황의 다른 이름은 터머릭, 카레의 향신료니까요."

"오, 센스 있네, 아이나 씨."

타카기가 감탄한 듯이 휘파람을 불었다.

"자, 드셔보세요. 맛있어요."

야스코가 종이접시에 파에야를 덜어주었다. 케이스케는 얼른 한입 먹어보았다.

"…맛있어!"

타카기와 케이스케의 목소리가 하나로 합쳐졌다.

"정말요? 다행이다."

아이나가 가슴 앞으로 손을 모아 조그맣게 박수를 쳤다.

대단해, 이 아가씨.

나이도 어린데 요리도 잘하고 머리 회전도 빠르다. 그리고 명랑하고 착하고, 무엇보다도 같이 있으면 즐겁다.

…아이나 씨와 커플이 되면 얼마나 좋을까.

얼굴도, 내면도 전부 매력적인 아이나에게 케이스케는 완전히 반해버렸다.

프리 타임이 끝난 후, 커플링 카드에 마음에 드는 사람의 이름과 메시지를 적어 주최자에게 건넨다. 남녀가 서로의 이름을 적으면 커플이 되는 시스템이다.

케이스케는 당연히 아이나의 이름을 적었다. 그리고 어디까지나 내면에 끌렸음을 강조하는 메시지를 덧붙였다.

"에, 그러면 커플이 된 분을 발표하겠습니다! 무려 네 쌍이 탄생했습니다!"

호명된 남녀가 박수 갈채 속에 앞으로 나가 주최자 옆에 나란히 섰다. 한 쌍, 두 쌍, 세 쌍… 그러나 케이스케의 이름은 불리지 않았다.

역시 글렀구나….

거의 체념한 순간, "야베 케이스케 님, 우에하라 아이나 님, 축하합니다!"라는 주최자의 목소리가 울려 퍼지고 동시에 박수가 터졌다. 믿을 수 없었다. 허둥지둥 일어나 앞으로 나간다. 옆에 수줍게 얼굴을 붉힌 아이나가 나란히 섰다.

"아이나 씨가 야베 씨에게 쓴 메시지입니다. '모두를 배려하는 모습에 호감을 느꼈습니다'라고 합니다. 다시 한번 축하드립니다!"

아쉬워하는 타카기의 얼굴이 눈에 들어왔다. 그를 이길 수 있었던 건 순전히 케이스케가 매뉴얼 책에 나온 가르침을 충실하게 이행했기 때문일 것이다.

박수갈채 속에서 케이스케는 쾌재라도 부르고 싶은 기분이었다.

언제까지나 들떠 있을 수만은 없다. 첫 데이트야말로 진정한 의미에서의 승부가 아닌가. 레스토랑 선택도 물론 매뉴얼 책을 참고하기로 했다.

선택 포인트는 시끄럽지 않을 것, 또한 테이블 간격이 너무 가깝지 않을 것. 이것은 상대의 이야기에 온전히 귀를 기울일 수 있는 동시에 타인의 귀를 의식하지 않아도 되도록 하기 위

결 혼 활 동 매 뉴 얼

함이라고 한다. 고민 끝에 조금 무리해서 긴자의 프렌치 레스토랑으로 결정했다. 물론 예약을 하고, 약속 장소에서 레스토랑까지 가는 길을 익혀놓는 것도 잊지 않았다.

"우와, 멋진 가게네요."

레스토랑에 들어선 아이나는 황홀한 얼굴로 안을 둘러보았다. 오늘 그녀는 머리를 올리고 청순한 원피스를 입고 있다. 레스토랑 안의 어떤 여자 손님보다도 더 우아하고 아름다워서 케이스케는 그녀가 자랑스러웠다.

샴페인을 마시며 대화를 나눈다. 최근에 본 영화 이야기, 감동적으로 읽은 책 이야기… 한 마디 한 마디에서 사랑스러움이 묻어난다. 아이나에 대한 마음이 점점 커지는 것을 케이스케는 실감하고 있었다.

계산할 때가 되자 아이나가 "혼자 다 내시면 너무 죄송해요"라고 배려를 보였다. 예상대로 개념 있는 여성임을 알고 내심 기뻐하면서도 케이스케는 미리 생각해둔 대사를 했다.

"옷에 화장품에 액세서리까지… 여자분은 준비에 이미 공을 많이 들였으니까요. 식사만이라도 남자가 대접해야죠."

매뉴얼에 있는 말이다. 일방적으로 밥을 사면 흑심이 있는 것으로 오해받을 수 있다. 그런 오해를 피하고 스마트하면서도 부담스럽지 않게 돈을 내는 테크닉이다.

"하지만 이렇게 비싼 곳인데…."

착한 아이나가 한 번 더 사양한다. 그런 때를 위해 다른 대사도 암기해두었다.

"그럼 나가서 커피나 한 잔 사주세요."

상대에게 부담을 주지 않으면서 동시에 더 오래 함께 있을 수 있는 일석이조의 대사다. 그러나 아이나는,

"죄송해요. 내일 새벽 출근이라 4시에 일어나야 돼서 그만 들어가봐야 돼요."

말하면서 미안한 표정을 지었다.

"아, 괜찮습니다. 함께 저녁을 먹은 걸로 충분히 기쁘니까요."

케이스케가 황급히 수습하자 아이나는 "잘 먹었어요. 고마워요"라며 고개를 숙였다.

…성실한 아가씨야. 예쁜데 순수하기까지 해.

케이스케는 기뻤다.

레스토랑을 나와 지하철 개찰구에서 아이나와 헤어진다. 케이스케는 못내 아쉬워 아이나의 모습이 안 보이게 될 때까지 서 있었지만, 그녀는 뒤도 안 돌아보고 계단을 내려갔다. 조금 서운하게 생각하면서 케이스케는 JR라인 역으로 향했다. 그때 가슴 주머니에 넣어둔 휴대전화가 진동했다.

'오늘은 정말 즐거웠어요. 다음에 또 같이 식사해요. 아이나'

승강장에서 찍었는지 브이 사인을 한 사진이 첨부되어 있었다. 뒤도 안 돌아보고 급하게 계단을 내려간 건 톡을 보내기 위해서였구나.

케이스케는 저도 모르게 휴대전화를 가슴에 꼭 끌어안았다. 첫 데이트를 성공적으로 마친 기쁨에 눈시울이 뜨거워졌다.

그 후로 일주일에 두 번 정도씩 데이트를 했다. 그녀를 만날 때마다 즐거워서 케이스케는 점점 더 아이나가 좋아졌다.

다만, 아이나가 쉬는 날이 불규칙해서 그녀와의 데이트는 평일 밤, 그것도 겨우 몇 시간뿐일 때가 많았다. 같이 식사만 하고 차도 한 잔 안 하고 헤어진다. "야근이 계속돼서 잠을 못 잤어요"라며 그녀는 늘 피곤한 얼굴이었다.

그래서 식사만이라도 즐겁게 해주고 싶어서 케이스케는 열심히 좋은 레스토랑을 검색해 그녀를 데려갔다. 좋은 레스토랑은 당연히 가격대가 꽤 있지만, 아이나를 기쁘게 해주고 싶은 일념에 케이스케는 무리를 계속 했다.

하지만 식사만 하는 데이트는 재미가 없다. 가끔은 데이트

다운 데이트가 하고 싶다. 그래서 용기를 내어 톡을 보내보았다.

'맨날 밥만 먹고 헤어져서 서운해. 늦게 헤어지는 게 안 되면 좀 일찍 만나면 안 될까?'

부담을 주지 않기 위해 그렇게 보냈다. 그러자,

'그럼 다음 주엔 밥 먹기 전에 쇼핑이나 할까? 5시에 오모테산도에서 봐.'

라고 답장이 왔다. 아이나와 오모테산도를 걷는다…. 상상만 해도 가슴이 설렜다.

데이트 당일, 아이나는 평소보다 더욱 예쁘게 꾸미고 나왔다. 해가 기울기 시작한 오모테산도는 벌써 조명이 켜져 로맨틱한 무드로 가득했다.

아이나는 부티크를 여기저기 돌아보며 즐기고 있었다. 솔직히 쇼핑에 따라다니는 건 지겨운 일이라 남자에게는 고역이다. 그러나 매뉴얼에 '불평하지 말고 함께할 것'이라고 나와 있었기 때문에, 케이스케는 군소리 없이 미소를 지으며 함께 걸었다.

아이나가 루이비통 매장으로 들어갔다. 케이스케는 명품숍에 들어가본 적이 없다. 내심 주눅 들면서도 진열장을 구경하는 아이나 옆을 열심히 따라다녔다.

"이거 어때?"

아이나가 정교한 금속 세공 팔찌를 껴보았다. 하얗고 고운 손목에 잘 어울렸다.

"잘 어울려."

"그래? 그럼 이거 주세요."

그녀가 그렇게 말하자, 여성 점원이 친절하게 "20만6,028 십 엔입니다"라고 대답했다.

대단해. 여자는 팔찌 하나에 20만 엔을 쓰는구나 하고 남 일처럼 건성으로 듣고 있자, 아이나는 지갑을 꺼낼 생각도 하지 않고 케이스케를 빤히 쳐다보았다. 그제야 비로소 그녀가 선물을 기대한다는 것을 깨달았다.

등에 식은땀이 흘렀다.

거절하고 싶었지만, 아이나의 사랑스러운 눈동자가 케이스케를 쳐다보며 깜빡거린다. 슬쩍 주위를 살펴보았다. 여자가 고르고 남자가 돈을 내는 모습이 여기저기 보였다.

할 수 없지.

예금은 300만 엔 정도 있다. 결혼 자금의 일부라고 생각하고 사주자….

케이스케는 일생일대의 결심을 하고 신용카드를 꺼냈다. 그러나 평소에 사용하는 카드는 잦은 레스토랑 외식으로 한

도에 달했는지 결제가 되지 않았다. 급히 다른 카드를 꺼낸다. 아주 약간 아이나의 얼굴에 실망한 기색이 떠올랐다. 그러나 비통의 로고가 새겨진 상자에 리본으로 포장한 팔찌를 받아 들자, 그녀는 "케이스케 씨, 고마워!"라고 말하며 환한 미소를 보여주었다.

이 미소를 본 걸로 충분해, 응.

거금을 한 번에 써버리고 약간 멍한 상태였던 케이스케는 생각했다. 한편으로는 여자친구에게 이런 비싼 선물을 사줄 수 있는 자기 자신에게 취해 있었다.

그러나 그게 얼마나 큰 실수였는지 결혼 활동 초보자인 케이스케는 알지 못했다.

이날을 경계로 아이나의 요구는 점차 도를 더해갔다. 프라다 옷이 갖고 싶다, 샤넬 구두를 신어보고 싶다, 디올 지갑이 쓰기 편하다더라….

그녀에게 잘 보이고 싶은 일념으로 케이스케는 가능한 한 아이나의 요구를 들어주었다. 하지만 합계 금액이 백만 엔에 이를 무렵, 한계를 느끼기 시작했다.

아이나와는 경제 관념이 안 맞는지도 모른다. 이건 결혼을 고려할 때 치명적인 단점이 아닐까……?

문득 외울 정도로 읽고 또 읽은 매뉴얼 책 속의 문장이 머리에 떠올랐다. '아무리 예쁜 여자라도 남자에게 지나치게 돈을 쓰게 만드는 여자는 배우자감으로 생각해선 안 된다. 애당초 그렇게 행동하는 시점에서 그 여자는 당신을 결혼 상대로 생각하지 않고 있다.'

그러고 보니 식사 후에 케이스케가 계산할 때 아이나가 신경 쓰는 듯한 모습을 보인 건 처음 두 번뿐이었다. 최근에는 잘 먹었다는 의례적인 인사조차 없다. 물론 고맙다는 톡도 없고, 그녀가 보내오는 톡이라고는 '다음엔 ○○에 가고 싶어'라는 요구 사항뿐이다. 심지어 레스토랑의 급을 약간 낮췄을 때에는 화를 내며 휙 가버리기까지 했다.

그래도 케이스케는 아이나를 포기한다는 것은 상상할 수도 없었다. 거리에서 케이스케를 바라보는 남자들의 부러움 가득한 시선. 특별히 잘생긴 것도 아니고 고액 연봉자도 아닌 케이스케가 이렇게 예쁜 여친을 만날 기회는 다시는 없을 것이다. 무슨 일이 있어도 그녀를 꼭 붙잡아야 한다.

돈이 좀 들더라도 남자라면 역시 아이나처럼 예쁜 여자를 한껏 치장시켜 대동하고 싶은 게 인지상정이다. 그게 바로 사회적인 지위가 아닌가. 결혼하면 낭비도 차츰 줄어들겠지….

그렇게 스스로를 타이르며 케이스케는 처음으로 매뉴얼을

무시하기로 결심했다.

"케이스케 씨, 크리스마스가 얼마 안 남았잖아."

미슐랭 별 셋짜리 레스토랑에서 스페인 요리를 먹으며 아이나가 운을 뗐다. 크리스마스라는 말에 저절로 기대감이 높아진다.

"해마다 간호사 동료들과 함께 파티를 하는데, 케이스케 씨도 참석하지 않을래?"

그룹 이벤트구나. 케이스케는 약간 실망했다. 하지만 아이나가 처음으로 먼저 제안해줬으니까 솔직하게 기뻐하기로 했다.

"응, 꼭 가고 싶어."

"다행이다. 그럼 기획을 부탁해도 될까? 난 그런 걸 잘 못해서 매년 야스코 선배에게 부탁하고 있거든. 케이스케 씨가 같이 좀 해주면 좋을 것 같은데."

"야스코 씨하고? 알았어."

"있잖아, 이왕이면 성대하게 하고 싶은데…."

와인 잔을 입술로 가져가면서 아이나가 애교 가득한 눈빛으로 케이스케를 쳐다보았다.

"응, 비용은 내가 알아서 할게."

결혼 활동 매뉴얼

아이나의 관능적인 모습에 취해 얼떨결에 큰소리를 치고 말았다.

"참, 그리고 보니까 야스코 선배도 바비큐 때 커플링 카드에 케이스케 씨의 이름을 썼었는데."

생각난 듯이 말하고 아이나가 키득거렸다.

"그랬어?"

"응, 주제도 모르고 어이없지. 야스코 선배는 직장에서도 웃음거리야. 병동에서 제일 못생긴 여자라고. 그런 주제에 결혼 활동이라니 제정신인가 몰라."

무시하는 어조로 말하고 아이나는 고기를 입으로 가져갔다. 그런 아이나에게 케이스케는 충격을 받았다. 바비큐 날, 야스코가 아이나를 '착한 후배'라고 칭찬한 것이 떠올랐다. 설마 자신이 뒤에서 웃음거리가 되고 있을 줄은 상상도 못 할 것이다.

"왜?"

아이나는 평소처럼 천사 같은 얼굴로 생글거리며 케이스케를 쳐다보았다.

"아니, 아무것도 아냐. 크리스마스는 즐겁게 보내자."

케이스케는 그렇게만 말했다. 아무렇지도 않게 남을 헐뜯는 여자는 인성에 문제가 있다. 과연 평생을 함께할 만한 상

대인지 진지하게 생각해보자…. 뇌리에 떠오른 매뉴얼 책의
문구를 그는 억지로 머릿속에서 지워버렸다.

　며칠 후 주말, 크리스마스 파티에 대해 의논하기 위해 야스
코와 만나기로 되어 있었다. 약속 장소인 밥집으로 들어가자,
야스코가 주방에 서 있었다.
　"어서 오세요."
　야스코가 인사했다. 그녀를 만나는 건 바비큐 날 이후로 처
음이지만, 여전히 못생기고 뚱뚱한 모습이었다.
　"여기는 저희 부모님 가게예요. 일손이 부족해서 종종 도
와드리고 있어요. 앉으세요."
　마침 점심시간이 막 끝난 무렵이라 가게 안에는 아무도 없
었다. 케이스케는 테이블 자리에 앉았다.
　"뭐 좀 드시겠어요?"
　야스코가 물었다. 최근 식비를 절약하느라 제대로 된 밥을
못 먹었기 때문에 솔직히 고마웠다.
　"그럼 치킨 정식으로 주세요."
　기다리는 동안 케이스케는 담배를 한 대 피워 물었다. 아이
나 앞에서는 담배도 참아야 했었다.
　"음식 나왔어요."

야스코가 쟁반을 들고 왔다. 큰 접시에 치킨이 푸짐하게 담겨 있고, 그 옆에는 작은 공기에 담긴 채소조림과 쌀밥과 된장국이 놓여 있었다. 보자마자 배에서 꼬르륵 소리가 나서 케이스케는 얼른 젓가락을 집어 들었다. 치킨은 속이 촉촉하고 감칠맛이 돌아 무척 맛있었다.

"으음, 드시면서 들어주세요."

야스코가 인터넷 사이트를 인쇄한 종이를 몇 장 꺼냈다.

"올해 아이나의 첫 번째 희망은 호텔 스위트룸에 숙박하면서 파티를 하는 거고, 두 번째는 대형 요트를 빌려 선상 파티를 하는 거래요. 그래서 견적을 몇 군데…."

"자, 잠깐만요!" 음식이 목에 걸릴 것 같아 케이스케는 눈을 희번덕거리며 허겁지겁 물을 마셨다. "물론 성대하게 해도 된다고는 했지만 그렇게까지 할 예산은 없어요."

"어머, 그러세요?" 야스코가 당황한 표정으로 용지에 눈길을 떨궜다. "아이나가 상한선은 없다고 해서…."

"지난 한 달 동안 아이나에게 지출이 너무 커서 솔직히 이제 한계예요."

"아이나가 야베 씨는 포용력 있는 분이라고 하기에 저는 야베 씨가 통 크게 선물해주시는 줄 알았어요."

"아뇨, 무리하는 거예요. 성대한 크리스마스 파티라고 해도 기껏해야 레스토랑 룸을 빌리는 정도인 줄 알았거든요. 하지만 솔직히 그것도 많이 힘들어요."

"그야 그렇죠."

야스코가 미안한 표정을 지었다.

"그래서 야스코 씨가 알아본 파티는 예산이 얼마나 되죠?"

그러자 야스코가 조심스럽게 용지를 내밀었다. 그것을 받아 든 케이스케의 눈이 커다래졌다. 최저 30~40만 엔이었다.

"이렇게 화려한 크리스마스를 기대했다면, 레스토랑으로 급을 낮추면 아이나가 화낼 것 같은데. 무리해서라도 해줘야 하나…."

케이스케는 힘없이 한숨을 내쉬었다. 적금을 깰까? 아니, 하지만….

"아뇨, 안 해야죠."

야스코가 단호하게 말하고 케이스케의 손에서 용지를 도로 가져갔다.

"아이나한테는 호텔과 요트 예약이 꽉 찼다고 하고 다른 계획을 생각해볼게요."

"아, 그렇게 해주시면 저야 감사하죠."

케이스케는 진심으로 안도했다. 아이나에게 하기 힘든 말을 야스코가 대신 해준다면 그보다 더 고마운 일은 없다.

"아, 차 좀 더 드릴게요."

야스코가 자리에서 일어났다. 케이스케는 중단했던 식사를 다시 하기 시작했다. 새콤달콤한 채소조림을 입에 넣다가 문득 기억이 떠올랐다.

바비큐 때 엉망으로 썬 채소가 섞여 있었다. 야스코가 썰었을 거라 믿어 의심치 않았지만, 밥집 일을 도울 정도면 요리를 잘한다는 뜻이다. 채소조림에는 표고버섯이 들어 있었는데, 바비큐 때처럼 갓에 십자로 칼집이 나 있고, 무도 모서리가 둥글게 다듬어져 있었다. 그렇다면 엉망으로 썬 채소는 아이나의 솜씨였다…?

"야스코 씨."

찻잔에 차를 따르는 야스코에게 케이스케가 물었다.

"그때 먹은 파에야는… 혹시 야스코 씨가 만든 건가요?"

"네?" 야스코는 어리둥절한 표정이었다. "네, 그런데요?"

채소를 자를 때에도, 파에야를 만들 때에도 아이나는 자연스럽게 케이스케와 타카기를 다른 곳으로 보냈다. 그건 본인이 요리한다는 인상을 주기 위해서가 아니었을까?

아이나는 요리를 못 하는 게 분명하다. 그래서 야스코가 한 것들을 가로챘다….

"아베 씨? 왜 그러세요?"

마주 앉은 야스코가 케이스케의 안색을 살피며 물었다.

"아뇨… 아닙니다."

그는 웃으며 얼버무리고 된장국을 후루룩 들이켰다.

이런 건 사소한 일이야. 남자라면 신경 쓰지 마…. 그렇게 스스로를 타이르면서.

그 후로 케이스케는 한동안 아이나와의 만남을 피했다. 보고 싶은 마음은 굴뚝같지만 안타깝게도 돈이 없었다. 특히 크리스마스에 나갈 돈을 생각하면 도저히 데이트를 청할 수 없었다.

근무 중에 야스코한테서 '좋은 기획이 생각났다'고 톡이 와서, 회사 근처의 르누아르에서 만나자고 답장을 해두었다. 아이나와도 이렇게 평범한 카페에서 만날 수 있다면 얼마나 좋을까.

퇴근하고 르누아르로 가자 야스코가 먼저 와서 기다리고 있었다.

"가급적 돈이 덜 들고 화려해 보이는 계획을 생각해 왔어요."

야스코가 인터넷 사이트를 인쇄한 용지를 꺼냈다. 리무진 전세라고 쓰여 있고, 럭셔리한 차 내부 사진이 실려 있었다.

"리무진?"

생각지도 못한 제안에 케이스케는 고개를 갸웃했다.

"네, 몇 시간 동안 전세내서 거기서 파티를 하는 거예요."

"하지만… 비싸잖아요."

"그게 생각보다는 합리적이에요. 한 시간에 만 엔 안팎이더라고요."

"오."

"파티는 네 시간이면 충분할 거예요. 그럼 4만 엔이죠. 음식을 가져와도 된다고 하니까, 그건 제가 준비할게요."

"야스코 씨가요?"

"네, 음식점 집 딸인걸요. 전채 요리부터 메인까지 나름대로 만들 줄은 알아요. 음료도 싸게 들여올 수 있으니까 저만 믿으세요."

그렇게 말하고 야스코가 웃었다. 밝고 믿음직스럽다.

"와, 덕분에 살았어요. 정말 고마워요."

"별말씀을요. 아이나는 귀여운 후배고, 전 원래 이것저것 아이디어 내는 걸 좋아하거든요."

기뻤다. 야스코의 다정함이 케이스케의 마음에 따스하게 스며들었다.

좋은 사람이구나 하고 진심으로 생각했다.

요리도 잘하고 바지런한 여자. 남을 배려할 줄 알고 마음도 넓고, 돈을 아끼는 것조차 즐길 줄 안다. 아마 이런 여자가 배우자로서는 이상적이리라.

남자는 바보다. 이렇게 좋은 여자인데 아무도 야스코를 거들떠보지 않는다…. 자신을 포함해서.

"그럼 예약은 제가 해둘게요. 아, 그만 가야겠어요. 이제부터 출근이거든요."

야스코는 급하게 일어서더니 핸드백에서 지갑을 꺼냈다.

"제 홍차는 얼마예요?"

"아뇨, 괜찮아요."

케이스케는 계산서를 자기 쪽으로 끌어당겼다.

"네? 하지만 죄송해서…."

"여러 가지로 도움도 많이 받았으니까, 이건 작은 성의예요."

그러자 야스코의 얼굴이 확 밝아졌다.

"정말로 그래도 되나요? 감사합니다."

야스코는 진심으로 기쁜 듯이 그렇게 말했다.

그래, 이거야. 아이나도 이런 식으로 고맙다는 말이라도 해주면 내 마음도 훨씬 나을 텐데.

케이스케는 문득 생각했다.

결혼 활동 매뉴얼

실은 이렇게 착하고 개념 있는 여자야말로 미슐랭 레스토랑에서 좋은 음식을 먹고 비싼 선물을 받을 자격이 있는 게 아닐까. 귀한 대접을 받아야 마땅하지 않을까.

"기뻐요. 남자분이 저한테 뭔가를 사주신 건 처음이에요."

겨우 600엔짜리 홍차 인심에 감격하는 야스코가 신선하게 느껴졌다. 아이나 같은 미녀는 남자들이 돈을 내는 데 너무 익숙해져 있는 것이다.

…겨우 이 정도로 그렇게 기뻐한다면 다음엔 더 좋은 곳에 데려가줄게요.

하마터면 그렇게 말할 뻔했다가 얼른 삼켜버렸다.

무슨 생각을 하는 거야.

상대는 못생긴 여자야.

못생긴 여자에게 쓸 돈이 있으면 아이나에게 조금이라도 더 써.

방금 전까지 야스코에게 고마워하던 마음은 어디론가 사라지고 케이스케는 또다시 외모 지상주의에 사로잡히고 말았다.

남자란 끝까지 애처로운 생물인 것이다.

크리스마스 지출이 예상보다 적어진 덕분에 케이스케는

다음 날 얼른 아이나에게 디너 데이트를 청했다. 그러나 식사를 마치고 레스토랑을 나선 후에도 아이나는 여전히 고맙다는 말 한 마디 없다.

"저기… 기뻐?"

앞장서서 걸어가는 아이나에게 케이스케는 용기를 내어 물어보았다.

"뭐?"

아이나가 걸음을 멈추고 돌아보았다.

"아니, 아무 말도 없길래."

아이나는 잠시 의아하다는 표정을 짓다가 곧 케이스케의 의도를 깨달았는지 기분 상한 말투로 내뱉었다.

"잘 먹었어. …이제 됐어?"

"기분 나빴다면 미안해. 자기가 고마워하는 건지 아닌지 알 수가 없어서 그랬어."

"그게 무슨 뜻이야? 감사는 강요하는 게 아니잖아."

"아니, 난 그냥 자기가 기쁨을 좀 표현해줬으면 하고… 뭐랄까, 야스코 씨처럼…."

말하다 말고 이내 실수를 깨달았다.

"거기서 야스코 선배가 왜 나와?"

아이나의 아름다운 얼굴이 가면처럼 싹 굳었다.

"아니, 그게…."

"케이스케 씨, 하마같이 생긴 그런 여자가 좋아? 야스코 선배가 그렇게 좋으면 아예 사귀지그래?"

그러면서 홍 하고 코웃음 친다.

"야스코 선배는 처음부터 자기한테 마음이 있었으니까 신나서 오케이할걸?"

"아니야, 실수였어. 내가 좋아하는 사람은 자기뿐이야."

"그래?"

"당연하지."

"그럼 됐어. 하지만 다른 여자와 비교하는 건 실례야. 그것도 하필이면 야스코 선배라니."

아이나는 귀엽게 뾰로통한 표정을 지었다.

"진짜 미안해."

"진심으로 반성하고 있어?"

"물론이지."

"그래? 그럼 증거를 보여줘."

"증거?"

"까르띠에 피어스. 그거 사주면 용서해줄게."

아이나는 의기양양하게 말하고 생글생글 웃었다.

아이나와 헤어진 후 케이스케는 급하게 휴대전화로 피어스 가격을 검색해보았다. 대충 훑어봐도 10만 엔은 넘었다.

생일도, 크리스마스도 아니고 그저 화해하기 위해 이 큰돈을 지출해야 한다고? 앞으로 교제가 길어지면 싸우는 일도 잦을 것이다. 그때마다 비싼 선물을 사줘야 하나?

지금까지는 무리해서라도 어떻게든 맞춰주려는 마음이 있었지만, 이번에는 그런 마음이 완전히 사라져버렸다. 지금까지 애써 무시해온 매뉴얼의 경고가 머릿속에 되살아났다.

케이스케는 지쳐 있었다. 빼어난 미녀와 사귀고 있지만 행복하다고는 할 수 없다. 늘 신경이 곤두서 있고 금전적으로도 피폐해지는 매일이다.

설사 그녀가 프러포즈를 받아준다 한들 밝은 미래는 꿈꿀 수 없다. 결혼식은 당연히 호화롭게, 신혼여행은 백 퍼센트 해외로. 거기다 명품 가방과 보석, 옷을 요구할 것이다. 신접살림을 차려도 그녀는 아마 밥도 안 해줄 것이다. 맞벌이는 꿈도 못 꿀 일이다.

그리고 케이스케는 언젠가 아이를 갖고 싶은 마음이 있지만, 그녀는 과연 어떨까? 아니, 아이를 낳는다 해도 엄마답게 살 생각이 있기는 할까?

아이나와의 미래를 생각하자 불안감이 점점 커졌다. 자신이 원한 것은 미모보다 맛있는 집밥과 상냥함과 안정감이었음을 비로소 깨닫는다. 그리고 그것들은 아이나에게서는 얻을 수 없는 것이었다.

'미모는 언젠가는 시든다. 그보다는 20년 후, 30년 후에도 함께할 수 있는 상대를 내면을 중시해서 선택하자.'

매뉴얼의 문구가 마음에 생생하게 되살아났다. 그리고 어째서인지 야스코의 얼굴이 어른거리기 시작했다.

뭐야, 장난해?

케이스케는 억지로 야스코를 머릿속에서 지워버렸다.

하지만 날이 갈수록 야스코의 존재는 마음속에서 점차 커져갔다. 그리고 야스코라면 자신이 꿈꾸는 결혼 생활을 선사해줄 거라는 확신이 굳어갔다.

그런 자신에게 당황하면서 고민에 고민을 거듭한 결과, 케이스케는 눈 딱 감고 야스코에게 연락하기로 결심했다.

야스코와의 만남은 바비큐 날을 포함해 네 번째가 된다. 못생긴 건 사흘이면 익숙해진다고 누가 그랬던가. 실제로 마주 앉은 야스코를 보며 케이스케는 그렇게 못생겼다고는 생각하지 않고 있었다.

"저어… 하실 말씀이란 게 뭔가요?"

다시 르누아르로 불려 나온 야스코는 당황한 기색이었다.

"야스코 씨." 케이스케는 자세를 바로 하고 말했다. "제 솔직한 심정을 얘기해도 될까요?"

"…네?"

"솔직히 야스코 씨는 전혀 제 취향이 아니에요. 아이나야말로 이상형이죠."

야스코는 잠시 어안이 벙벙하다는 표정이었지만 곧 쓴웃음을 지었다.

"그런 것쯤은 저도 알아요."

"아이나 같은 여자와 사귀고 싶은 게 남자의 솔직한 마음이라고 생각해요. 하지만 현실적으로 함께 생활하기란 힘들다고 저는 판단했어요."

"네에…."

"그런 점에서 야스코 씨야말로 배우자로 이상적인 여성일지도 모른다는 생각이 들기 시작했습니다."

"네?" 야스코가 어리둥절한 얼굴로 케이스케를 보았다. "제가요?"

"네, 반하지는 않았지만 인간적으로 호의를 품고 있다는 뜻입니다. 어떠세요. 저와 결혼을 전제로…."

"자, 잠깐만요." 야스코는 당황하며 케이스케의 말을 막았다. "이러시면 곤란해요. 물론 바비큐 때에는 저도 케이스케 씨의 이름을 적은 게 사실이에요. 하지만 지금 케이스케 씨는 아이나의 남친이에요. 직장 후배와 이런 문제로 갈등을 만들고 싶지 않아요."

"걱정 마세요. 제가 확실하게 아이나에게 말할게요."

매뉴얼에도 없는 대사가 자연스럽게 입에서 나와 케이스케는 내심 놀라고 있었다.

"절대로 안 돼요. 케이스케 씨가 아이나와 헤어지는 건 두 사람 일이니까 어쩔 수 없을지 몰라도, 제가 끼어드는 형태가 되면 아이나가 저를 원망할 거예요."

"하지만 미래가 달린 일입니다. 야스코 씨와 함께라면 단란한 가정을 꾸릴 수 있을 것 같아요. 어렵게 찾은 인연을 눈앞에서 놓치고 싶지 않습니다."

신기하게도 야스코를 설득하는 동안 케이스케의 결심은 점점 굳어지고 있었다.

"아무튼 한 번 생각해봐주세요."

어쩔 줄 몰라 하는 야스코에게 케이스케는 정중하게 고개를 숙였다.

"…야스코 선배와 사귀고 싶다고?"

예상대로 아이나는 눈을 사납게 치뜨고 부들부들 떨고 있었다. 하지만 이건 헤어지기 싫어서가 아니라 단순히 야스코에게 진 게 용납이 안 돼서라고 케이스케는 냉정하게 분석하고 있었다.

　"어디가 좋아? 그런 못생기고 뚱뚱한 여자가…."

　"그런 식으로 남의 험담을 하지 않는 점이랄까."

　케이스케의 대꾸에 아이나는 말문이 막힌 듯 입을 다물었다.

　"아무튼 자기하고는 장래를 생각하기 힘들어. 많이 좋아했지만 이젠 끝내고 싶어."

　"너 같은 놈은 내 쪽에서 사절이야. 이 나쁜 자식아!"

　아이나는 의자에서 벌떡 일어나 씩씩거리며 호텔 라운지를 나가버렸다. 아이나라면 아마 금세 다른 남자가 생길 것이다. 아니, 애당초 케이스케가 돈을 잘 쓰니까 사귀었을 뿐, 그녀는 그를 사랑하고 있지 않았던 것이다.

　미련이 없다고 한다면 거짓말이다. 시야에서 사라지기 전 언뜻 보인 성난 얼굴마저 여전히 아름다웠다.

　하지만 단란한 가정을 꾸리는 일은 그녀와는 불가능하다. 운명의 상대는 야스코일지도 모른다.

　케이스케는 후련한 기분으로 전화를 걸었다. 신호음이 몇 번 울린 후, 부재중 녹음으로 넘어갔다.

"야스코 씨? 지금 막 아이나와 헤어졌어요. 이게 정답이었다고 진심으로 생각해요. 교제를 긍정적으로 생각해주세요. 잘 부탁합니다."

녹음을 마치고 종료 버튼을 눌렀다. 설렘은 없을지도 모른다. 하지만 야스코를 생각하면 마음이 굉장히 온화해진다.

아아, 이게 바로 정이란 거구나…. 케이스케는 흐뭇한 기분으로 제발 야스코에게서 연락이 오기만을 기도했다.

…교제를 긍정적으로 생각해주세요. 잘 부탁합니다.

녹음된 부재중 메시지를 다 듣고 난 후 아이나는 야스코의 휴대전화에서 귀를 떼었다.

"어때?"

키득키득 웃으면서 야스코가 콧구멍으로 흰 담배 연기를 뿜었다.

"성공이네요. 역시 야스코 선배야!" 아이나는 장난스럽게 한쪽 눈을 찡긋했다. "그래서 이제 어떡할 거예요?"

"일단 보류해두려고. 더 좋은 남자가 나타날 수도 있으니까 조금만 더 결혼 활동을 해볼래."

"좋은 생각이에요."

"너도 수고 많았어, 아이나. 내가 쏠 테니까 많이 먹어."

야스코는 레스토랑 직원을 불러 아이나가 좋아하는 요리와 음료를 잔뜩 주문했다.

TV에도, 잡지에도, 인터넷 세상에도, 결혼 활동 안내서에도 '여자는 외모가 다가 아니다', 혹은 '미모보다는 애교', 혹은 '내면의 아름다움이 중요하다'라는 식으로 못생긴 여자에 대한 입에 발린 소리가 넘쳐난다.

하지만 분명히 말해서 그것들은 모두 그림의 떡이다. 애당초 못생긴 여자에게는 내면을 어필할 찬스조차 주어지지 않으니까. 특히 결혼 활동이라는 전쟁터에서 못생긴 여자는 무기가 하나도 없는 셈이다. 정공법으로 임해도 승산은 전혀 없다.

그래서 야스코는 작전을 바꿨다. 남자들이 예쁜 여자를 좋아한다면, 그걸 무기로 삼아 이용해주기로. 야스코는 과거에 갸루(주1) 동지였던 아이나에게 협조를 부탁한 것이다.

결혼 활동에서 만난 남자는 거의 백 퍼센트 아이나를 노린다. 하지만 점차 도를 더해가는 아이나의 요구에 남자는 갈수록 견디기 힘들어진다. 아이나는 제멋대로에 사치가 심하고 이기적인 성격의 스테레오 타입 미녀를 마음껏 시전해준다.

남자가 슬슬 넌더리를 내기 시작할 때쯤 야스코가 등장한다. 정 많고 얘기도 잘 들어주고 센스도 있는… 그렇다, 이번에는 못생긴 여자의 스테레오 타입으로 공략하는 것이다.

이런 팀 결혼 활동의 메리트는 두 가지다. 첫째는 예쁜 여자와 사귀는 경험을 함으로써 남자가 어느 정도 만족하는 것, 둘째는 그 경험으로 인해 트라우마가 생기는 것.

남자는 앞으로 예쁜 여자를 만나도 트라우마로 인해 섣불리 접근하지 않게 될 것이다. 한마디로 미인에 대한 백신인 셈이다. 특히 결혼 활동 초심자에게는 빨리 맞혀줄수록 좋다.

물론 모든 남자에게 다 통하지는 않는다. 여전히 야스코에겐 관심을 보이지 않는 남자도 있었다. 하지만 여섯 달 동안 일곱 남자 중 세 명이 야스코에게 넘어왔으니까, 나름대로 괜찮은 성적이라 할 만하다. 조금만 더 해보고 제일 조건이 좋은 남자를 야스코는 선택할 예정이다.

"그럼 또 적당한 결혼 활동 이벤트를 찾아서 신청해놓을게요!"

남자들한테서 받아낸 액세서리를 반짝이며 아이나가 휴대전화를 조작했다. 무명 뮤지션과 사귀는 아이나에게도 이건 짭짤한 부업이다. 팀은 서로 윈윈하는 관계가 아니면 결코 성공할 수 없다.

못생긴 여자가 결혼 활동에서 불리하다는 건 움직일 수 없는 사실이다. 하지만 작전에 따라 승리할 수는 있다.

"아예 책을 써볼까? 못생긴 여자를 위한, 못생긴 여자에 의한 결혼 활동 매뉴얼."

"안 돼요! 이건 우리만의 비밀 작전이에요. 그리고 결혼 활동에서 승리하는 사람은 애당초 매뉴얼이 필요 없어요."

"아하하, 그런가."

찰랑거리는 맥주잔으로 힘차게 건배하고 두 사람은 시원하게 잔을 비웠다.

Marriage
activity

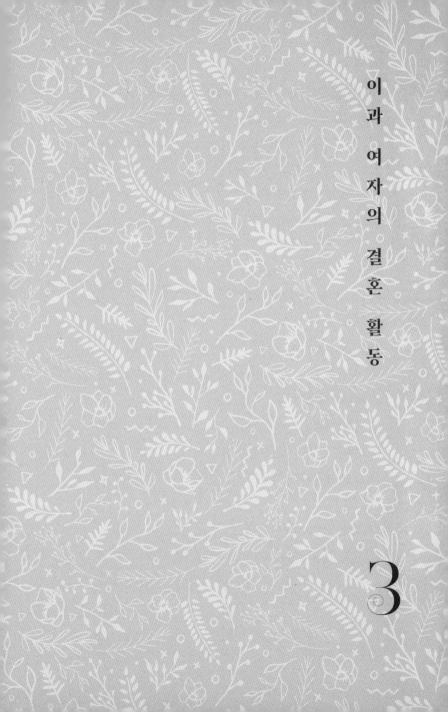

이과 여자의 결혼 활동

3

"자, 지금부터 이 프로그램의 명물인 룰렛 타임을 시작하겠습니다!"

진행을 맡은 탤런트의 외침과 함께 삑 하고 휘슬이 울리자, 기다렸다는 듯이 각 좌석에서 대화가 시작되었다.

푸른 잔디가 펼쳐진 축구장 그라운드에 이중으로 둥글게 의자가 놓여 있다. 남성 참가자 스물한 명은 안쪽 원에, 여성 참가자 스물여덟 명은 바깥쪽 원에 자리 잡고 있다. 3분마다 한 번씩 여성들이 자리를 옮긴다고 해서 '룰렛 타임'이라고 불리는데, 양측이 프로필 카드를 손에 들고 자기소개를 한다.

"처음 뵙겠습니다."

에미는 앞에 앉은 남자에게 일단 인사를 했다.

"도쿄에서 왔어요. 전자 회사에 근무하고 있고요, 이름은 고토 에미입니다. 서른 살이에요."

"야마시타 히로시입니다."

상대도 고개 숙여 인사했다.

"이곳 나가미시에서 쌀농사를 짓고 있습니다."

에미는 재빨리 클리어 파일에 든 프로필 시트를 훑어보았다. 이혼 경력 있음, 자녀는 둘. 마흔세 살….

탈락.

재빨리 그렇게 판단한다.

아니, 순간적인 판단이라기보다 재확인이라고 하는 편이 맞을 것이다.

애당초 남성 참가자들의 사진과 간단한 프로필을 홈페이지에서 미리 확인한 뒤에 응모하는 형식이고, 사전 설명회 때 이미 자기 PR 동영상도 봤기 때문이다. 참가자들은 저마다 벌써 'OK'와 'NG'를 나누어놓고 실전에 임하고 있다. 이 룰렛 타임 때 한 번 더 확인하고, 이후에 행해지는 프리 타임 때 대화를 나눌 상대를 선택하는 것이다.

"교대해주세요"라는 신호의 말과 함께 에미는 가볍게 인사하고 일어나 자리를 옮겼다.

「미션 천생연분」은 1년에 세 번 인기리에 방영되는 결혼 활동 프로그램이다. 개그맨 콤비 아카풀코가 사회를 보고, 탤

런트 다카시마 A지가 진행을 맡아 현장을 지휘한다. 여성을 만나기 힘든 지방 도시에 사는 남성들과, 1박2일로 그들을 만나러 온 여성들의 결혼 활동 실황을 세 시간짜리 프로그램으로 보여주는 것이다.

하지만 이번 회는 여성의 역고백 스페셜 편. 여자가 남자에게 꽃다발을 내밀고 고백했다가 선택받지 못하면 그 망신스러운 꼴이 전국의 수십만 가구에 그대로 중계된다. '고백을 못 받는 것'과 '거절당하는 것'은 하늘과 땅 차이다. 그래서일까, 평소엔 여성 참가자가 보통 50명이 넘지만, 이번에는 남성 참가자 수와 거의 비슷한 수준에 머물렀다.

"음, 에미 씨는 대학에서 전자공학을 전공하셨고 현재는 전자 회사에서… 로봇 개발? 와, 진짜배기 이과 여성이시네요."

세 번째 남자가 에미의 프로필 카드를 보면서 놀란 어조로 말했다.

"아하하, 맞아요."

"이과시구나. 요즘 대세잖아요."

거기서 다시 A지가 "교대해주세요"를 외쳐서 에미는 인사하고 자리에서 일어섰다.

얼마 안 남았어.

그녀의 목표인 다테오 노리히코까지 이제 한 명. 지금 대화하는 상대 옆에 그가 있다.

에미는 건성으로 맞장구를 치면서 비스듬히 앞쪽에 있는 노리히코에게 온 신경을 집중하고 있었다.

옆자리 여자가 노리히코에게 야구 이야기를 꺼냈다가 "아, 저는 야구는 전혀 안 봐서요"라는 대답에 장렬하게 격침되었다. 이 지방 출신의 메이저 리거가 있어서 야구 이야기를 꺼낸 게 분명하다. 실제로 에미도 야구 이야기로 대화가 활기를 띨지도 모른다고 생각하고 화젯거리 리스트에 넣어둔 상태였다. 당장 지워야겠다.

"그런데 너무 예쁘셔서 깜짝 놀랐어요."

마주 앉은 남자가 말했다.

"자기 PR 영상에서도 매력적이었지만 실물은 더 예쁘시네요."

사전 설명회 때 여성 참가자들의 영상이 촬영되어 남성 참가자들도 그것을 본 것이다.

"이 프로그램에 안 나오셔도 충분히 인기 많으실 것 같은데요."

"그렇지도 않아요."

부인하면서도 에미 역시 자신이 설마 결혼 활동 프로그램에 출연하게 될 줄은 상상도 못했었다.

이런 프로그램에 출연하는 여성들은 숙명적으로 상당한 망신살을 각오해야 한다. 전국에 얼굴이 팔릴 뿐 아니라 공공의 전파를 사용해 '저는 애인이 없어요' '제 힘으로는 남자를 만나기도 힘들어요' '누가 뭐래도 꼭 결혼하고 싶어요'라는 비참한 처지를 까발리게 된다. 심지어 촬영 현장까지 가는 여비는 본인 부담이다. 에미는 도쿄에서 이곳 구마모토 나가미시까지 왕복 비행기 값 5만7,880엔을 지불했다.

얼굴과 프라이버시를 포기하고 망신살을 각오해야 하며 (심지어 그것은 프로그램 방영 때만이 아니라 인터넷상에서 반영구적으로 이어진다) 동시에 금전적인 부담까지 있지만, 커플이 된다는 보장은 어디에도 없이 1박2일로 모든 게 끝나버린다. 다시 말해 일반적인 결혼 활동에 비해 하이 리스크 로 리턴, 가성비가 형편없는 것이다.

그래서 에미는 이런 프로그램에 출연하는 여자들을 전혀 이해할 수 없었다.

그러나 넉 달 전 어느 날, 운명이 바뀌었다. 퇴근하고 뉴스를 보려고 TV를 켜자 마침 「미션 천생연분」의 엔딩 장면이 나오고 있었다. 아카풀코가 "이번에도 현장의 열기가 대단히 뜨거웠습니다"라고 마무리 멘트를 하고 있다. 그리고 "다음

개최지는 구마모토 나가미시! 참가 여성을 모집합니다!"라는 멘트 후에, 남성 참가자들이 한 명씩 짧게 소개되었다.

다테오 노리히코가 화면에 나타난 순간, 에미는 첫눈에 그에게 마음을 빼앗겼다. 건강하게 탄 피부에 진한 눈썹과 매력적인 눈동자, 미소가 상쾌하고 목소리도 쾌활했다.

취향 저격! 난생처음 첫눈에 반해버렸다.

지금까지 평범하게 남친은 있었다. 이과 학부에는 여자가 적어 별다른 노력 없이도 늘 인기가 있었던 것이다. 연구실에 틀어박혀 작업복 속에는 며칠씩 안 갈아입은 옷. 질끈 동여맨 머리에 화장기 없는 맨얼굴. 여성적인 매력은 제로라도 남자는 얼마든지 다가왔다. 특별히 불타오르는 감정은 없는 채로 사귀었고 흐지부지 헤어졌다. 취직한 뒤에도 비슷해서 에미는 연애란 원래 이런 거라고 생각하고 있었다.

그러나 다테오를 본 순간, 난생처음으로 에미의 가슴에 불이 지펴진 것이다. 이 사람을 만나고 싶어. 이 사람과 이야기해보고 싶어. 그의 신부가 되고 싶어….

그 마음은 프로그램 홈페이지에 올라온 노리히코의 영상을 재시청하고 더욱 굳어졌다. 다음 「미션 천생연분」이 방영될 때, 그가 다른 여자와 커플이 되는 모습을 손가락이나 빨면서 쳐다보기는 싫었다. 전국구로 망신을 당하는 한이 있어도 이 사람을 꼭 만나고 싶었다.

용기를 내어 참가 신청을 하고 드디어 오늘, 오로지 노리히코를 만나기 위해 나가미시에 온 것이다.

에미는 비스듬히 앞쪽에 앉은 노리히코에게 온 신경을 집중했다. 드디어 다음이면 그와 이야기할 차례라고 생각하자 심장이 아플 정도로 세게 뛰었다. 침착하자, 침착하자. 그렇게 중얼거리며 통째로 암기해버린 노리히코의 프로필을 속으로 곱씹었다.

서른두 살, 본가는 지역의 수산물 가공품을 생산, 판매하는 회사를 경영하고 있으며 직원은 290명. 현재 노리히코는 그 회사에서 국제부 부장으로 일하고 있지만 언젠가는 회사를 책임지게 된다… 즉, 차기 사장인 것이다. 취미는 골프, 최근에 본 영화는 「매드맥스」, 좋아하는 작가는 무라카미 하루키, 좋아하는 애니메이션은 「에반게리온」.

이중에서 어떤 화제를 꺼내도 문제없다. 골프도 연습했고, 무라카미 하루키는 전 작품을 다 읽었으며, 「에반게리온」은 TV판과 극장판을 모조리 섭렵했다. 이과 여자는 준비와 대책을 소홀히 하지 않는다.

"저는 「ONE PIECE」예요."

마주 앉은 남자가 말했다.

"네?"

남자의 말을 전혀 안 듣고 있던 에미는 어리둥절했다.

"어, 좋아하는 만화요. 여기 「ONE PIECE」라고 적혀 있잖아요."

남자가 에미의 손에서 파일을 가져가더니 자신의 프로필 시트에서 '좋아하는 만화' 난을 가리켰다.

"에미 씨는 「허니와 클로버」군요. 이과 여성이라도 내면은 평범하네요."

"맞아요. 속은 평범한 여자예요."

어쩌면 비스듬히 앞쪽에 앉은 노리히코의 시야에 들어갈지도 몰라 에미는 귀엽게 애교를 부렸다.

실은 그런 만화는 손에 들어본 적도, 읽어본 적도 없다. 하지만 「만화로 보는 사이언스 반도체의 구조」 같은 제목을 적었다간 그 순간부터 이미 노리히코의 관심권에서 벗어날 게 뻔하다. 그래서 인터넷을 뒤져 가장 무난한, 여자들에게 랭킹 1위였던 만화를 적어둔 것이다.

옷차림도, 화장도, 헤어스타일도 완벽하다. 평소엔 늘 맨얼굴에 청바지라 뭘 입어야 좋을지 알 수 없었다. 그래서 잡지에서 본 '남자들에게 인기 있는 패션' '올가을 인기 헤어' 특집에서 1위였던 것들을 참고로… 했다기보다 그대로 따라 했다. 무조건, 조금이라도 노리히코의 마음에 들 확률을 높이기 위해.

"자, 교대해주세요!"

A지의 목소리가 창공에 울려 퍼졌다.

드디어 노리히코와 대면이다.

에미는 자리를 옮기면서 손수건으로 입을 가리고 재빨리 위쪽 앞니와 입술 사이로 혀를 집어넣어 훑었다. 혹시라도 앞니에 립스틱이 묻어 있으면 처음부터 정이 뚝 떨어질 게 분명하다. 앉기 직전, 손가락으로 머리를 정돈하고 환한 미소를 장착했다.

"안녕하세요. 고토 에미입니다. 직장인이에요."

알아보기 쉽게 왼팔에 단 명찰을 살짝 들어 보여주었다.

"안녕하세요, 다테오 노리히코입니다."

"남성 참가자들의 리더시죠. 수고가 많으시네요. 전 리더님을 만나기 위해 참가했어요."

주어진 시간이 짧은 룰렛 타임에서는 돌직구 승부가 답이다. 탐색전은 생략하고 솔직한 마음을 털어놓는 게 정답이다.

"정말이세요? 영광입니다."

노리히코는 머리를 긁적거렸다. 몇 마디 나눈 후 그는 프로필 시트를 보면서 "에미 씨는 재미있는 직업을 가지셨네요.

로봇 개발이라니 저와는 사는 세계가 다른데요"라고 말했다.

"아뇨, 이미지가 조금 과장됐을 뿐이고요, 실은 펫 로봇이나 요양용 로봇같이 일반인들에게 친근한 것들을 개발하고 있어요."

그가 자신의 직업을 가급적 친근하게 느낄 수 있도록 에미는 이미지로 떠올리기 쉬운 예를 들었다.

"그리고 제품을 만든다는 점에서는 노리히코 씨가 하시는 일과 똑같아요."

일 이야기가 나온 타이밍을 놓치지 않고 에미는 몸을 앞으로 내밀었다. 거리가 먼 두 사람의 세계지만 공통점이 확실하게 있음을 어필하기 위해 조사하고 준비해 왔다.

"노리히코 씨는 수산물 가공 회사에서 원료가 되는 어패류를 까다롭게 선택해 소비자가 원하는 상품을 기획하고 제조하시잖아요? 전국의 고객에게 좋은 제품을 전해드리고 싶은… 그 뜨거운 열정은 저도 똑같아요."

"그렇군요. 취급하는 제품은 달라도 언제나 고객을 생각하고 임한다는 점에서 제품을 만드는 자세는 우리 둘이 완전히 같다고 할 수 있겠네요."

노리히코가 웃으며 고개를 끄덕이는 것과 동시에 "교대해 주세요!"라는 A지의 목소리가 울렸다.

"벌써 시간이 다 됐나. 서운하네요. 에미 씨, 괜찮으시면 프리 타임 때 다시 이야기할 수 있을까요?"

에미를 똑바로 바라보며 노리히코가 말했다.

"물론이죠. 잘 부탁드려요."

에미는 미소를 띠고 공손하게 고개를 숙였다.

됐어! 작전 성공을 기뻐하며 에미는 마음속으로 회심의 포즈를 취했다.

프리 타임 행사장인 공공 체육관으로 이동하기 위해 여성 참가자들은 대형 버스에 올랐다.

자리에 앉자마자 에미는 재빨리 노트북을 꺼냈다. 화면의 '노리히코 씨 폴더'를 클릭해, 노리히코 씨 데이터라는 이름의 엑셀 파일을 연 후, '야구엔 관심 없음'이라고 정보를 업데이트했다.

"에미 씨, 고생 많았지. 어떻게 됐어?"

마야가 옆자리에 앉았다. 마야는 오사카에서 온 참가자다. 버스 좌석도 에미의 옆자리고, 오늘 묵을 호텔에서도 같은 방이다. 건강한 인상의 약간 통통한 네일 아티스트로, 애교 있는 사투리 억양이 그녀에게 잘 어울린다. 마야가 점찍은 남자는 세 번째로 인기 많은 가토 다이스케였다.

"그럭저럭 괜찮은 느낌이야. 마야 씨는?"

"응, 나도 용기 내서 다이스케 씨에게 어필해봤어. 긴장돼 혼났지 뭐야."

버스가 출발했다. 마야의 시선이 에미의 노트북에 고정되었다.

"그게… 그 결혼 활동 툴이야?"

"응, 정보를 업데이트하는 중이야."

집합 장소에서 행사장으로 올 때, 버스 안에서 에미는 자신이 만든 결혼 활동 툴을 라이벌이 아닌 마야에게만 보여줬었다.

응모하고 오늘이 오기까지 넉 달 동안 에미는 「미션 천생연분」의 과거 방송을 모조리 찾아서 보고, 커플 성사율이 높았던 여자의 행동과 대화 패턴을 분석해 데이터화했다. 그 데이터와 노리히코의 프로필을 바탕으로 그의 호감을 얻을 수 있을 만한 대화와 행동을 철저히 예측해 리스트로 작성해서 머릿속에 저장해둔 것이다.

하지만 그것만으로는 불충분하다. 완벽한 성과를 내기 위해서는 반복적인 테스트가 필요하다. 그래서 노리히코의 영상을 3D 모델화해서 '버추얼 노리히코'를 만들어, 입력한 데이터를 바탕으로 대화를 무작위 합성하는 기능을 넣었다.

이 간이 시뮬레이터를 이용해 에미는 오늘에 이르기까지 오로지 노리히코의 마음을 사로잡기 위한 대화를 연습해온 것이다.

"이과생들은 다 이래?"

마야가 화면 속에서 미소 짓고 있는 3D 노리히코를 꺼림칙한 얼굴로 쳐다보면서 말했다.

"글쎄? 난 그저 만전을 기한 것뿐이야. 막상 본인을 만나면 긴장해서 제대로 말을 못 하는 경우가 있잖아."

"그야 그렇지만… 그래서? 도움이 좀 됐어?"

"완벽해. 아주 자연스럽게 이야기하고 왔어."

"그럼 다행이지만."

그때 버스가 체육관 앞에 도착했다. 에미가 맨 마지막으로 마야와 함께 버스에서 내리자, 진행자인 A지가 카메라맨과 음성 담당자를 대동하고 두 사람에게 다가왔다.

"두 분께도 지금의 상황을 여쭤보고 싶은데요. 먼저 고토 에미 씨, 잠깐 괜찮으세요?"

A지를 따라 버스 옆쪽으로 돌아가자 마이크를 들이대고 질문이 시작되었다.

"고토 씨는 원래 제1희망이 리더였죠. 지금은 어떠세요?"

"변함없습니다. 다테오 씨예요."

"와우, 그렇군요. 리더는 역시 인기가 많네요. 고토 씨까지 해서 벌써 열세 명이에요."

역시 그렇구나. 하긴 잘생긴 금수저 도련님을 여자들이 그냥 내버려둘 리 없지.

"달리 마음에 둔 분은요?"

과거 방송에서 제2희망과 제3희망의 이름을 대는 참가자들을 많이 봐왔다. 하지만 에미는 "없습니다"라고 잘라 말했다. 에미는 단순히 결혼 상대를 찾으러 온 게 아니다. 오로지 노리히코와 커플이 되기 위해 온 것이다.

"앗, 없다고요?"

"네, 다테오 씨뿐이에요."

"와, 대단하네요."

A지가 카메라를 향해 씩 웃었다. 아마 방영될 때에는 '일편단심 여자들의 리더를 둘러싼 처절한 배틀!' 따위의 자막을 넣고 상황을 만들어갈 것이다.

프리 타임 때 승부를 봐야 해!

A지와 카메라맨이 마야를 인터뷰하러 간 후, 에미는 다시 노트북을 열었다.

"지금부터 프리 타임입니다! 자유롭게 움직여주세요!"

체육관 높은 천장 밑에서 휘슬이 울려 퍼지고, 참가자들이 일제히 움직이기 시작했다. 목적한 상대가 여럿이라 누구에게 먼저 갈지 망설이는 사람, 움직이기도 전에 먼저 붙잡혀 움직일 타이밍을 놓친 사람, 그리고 타깃을 향해 일직선으로 달려가는 사람⋯. 물론 에미는 일직선파였다.

노리히코 주위에는 A지의 정보대로 이미 열두 명의 여자들이 모여 있었다.

13분의 1, 확률 7.69퍼센트부터 시작인가⋯. 에미는 한숨을 쉬었다.

노리히코를 에워싼 여자들은 의류 판매원, 사무원, 전화 상담원, 공인중개사, 애견 미용사, 가사 도우미, 보육 교사, 요양 보호사 등이다. 사전 설명회에서 본 얼굴들이지만, 이름을 잘 못 외우는 에미는 참가자들을 직업으로밖에 기억하지 못한다.

"리더님은 아이를 좋아하세요?"

의류 판매원이 물었다. 명찰에 싱글맘이라고 되어 있다. 그녀에게는 특히 더 절실한 문제겠지만, 다른 여자들로서도 놓칠 수 없는 중요한 정보다. 모두의 귀가 한층 쫑긋해졌다.

"아주 좋아합니다. 친구 중엔 벌써 세 아이 아빠도 있어서 저도 가능하면 빨리 아이를 갖고 싶습니다. 많으면 많을수록 좋고요."

햇볕에 탄 피부에 하얀 이를 드러내며 리더가 대답했다. 휴우, 여성 참가자들 사이에서 안도의 한숨이 새어 나왔다.

"주말엔 보통 뭐 하고 지내세요?"

이번에는 전화 상담원이 물었다.

"최근에는 거의 서핑만 하는 것 같아요."

어라, 에미는 마음이 초조해졌다. 프로필에는 골프라고 썼으면서.

"네? 그런데 서핑이라고 쓰셨던가요?"

똑같은 생각을 했는지 가사 도우미가 고개를 갸웃했다.

"아, 실은 소개 영상을 촬영한 후에 시작했거든요. 영상을 찍은 게 벌써 넉 달 전이니까요."

서핑에 대해선 전혀 조사도, 시뮬레이션도 하지 않았기 때문에 화제가 그쪽으로 가는 것만은 피하고 싶었다. 에미는 급하게 대화에 끼어들었다.

"저, 아까 일 이야기를 잠깐 했었는데요, 좀 더 듣고 싶어요. 직함은 국제부 부장이라고 되어 있던데, 구체적으로 어떤 일을 하시나요?"

서핑에 대해선 오늘 밤에 검색하기로 하고, 그때까지는 최대한 예측한 대화 목록 안에서 공략하자.

"업무 내용 말씀이군요."

노리히코의 눈빛에 힘이 실리고 표정이 진지해졌다.

"해외에도 저희 회사의 양어장과 가공 공장이 있는데요, 현지 업자들과 교섭하고 직원을 고용하는 게 제 업무입니다."

룰렛 타임 때처럼 일 이야기가 나오자 태도가 달라진다. 가업인 만큼 일과 회사에 애착을 느끼는 것이리라. 역시 이게 노리히코 씨의 급소야. 에미는 확신했다.

"스케일이 굉장히 큰 업무네요."

에미의 말에 노리히코는 기쁜 표정이었다.

"아, 네. 저는 현지인과 커뮤니케이션을 하는 게 즐겁더라고요. 컴퓨터로 화상 회의도 종종 하고 있습니다."

"시차가 있어서 힘들지 않으세요? 현지의 평일이 우리나라의 주말인 경우도 있을 테고요."

"그렇죠. 주말에 일해야 될 때도 꽤 있습니다. 그쪽에서 시찰을 오거나 반대로 제가 시찰을 가기도 하고요. 지난달에도 여러 나라에 다녀왔습니다. 베트남, 태국, 인도네시아, 호주….'

"모두 바다가 아름다운 곳이네요. 그래서 노리히코 씨가 서핑을 시작하셨나 봐요."

"맞아요! 바로 그거예요! 정말로 지금까지 안 했던 게 이상할 정도예요."

"서퍼분들은 바다를 소중히 여기시니까 일에도 좋은 영향을 줄 것 같아요."

"와, 또 좋은 말씀을 해주시네요."

진심으로 기쁜 듯이 노리히코가 에미를 응시했다.

서핑 이야기가 나와서 약간 당황했지만, 스스로 생각해도 일과 잘 연결시킨 것 같아서 만족스러웠다. 이것도 시뮬레이터로 지겹도록 연습한 덕분에 가능한 응용이다.

그 후로도 일 이야기로 대화에 꽃을 피우는 에미를 가사 도우미와 사무원이 부럽다는 눈빛으로 쳐다보았다. 끼어들 틈이 없다고 생각했는지, 아니면 타깃을 다른 사람으로 바꾼 건지 두 여자는 각자 다른 남자 쪽으로 총총히 가버렸다.

이제 11분의 1, 확률은 9.09퍼센트로 높아졌다…. 에미는 미소 지으며 이야기를 계속하면서도 속으로 냉정하게 계산했다.

"저어!"

지금까지 얌전히 있던 애견 미용사가 풍만한 가슴을 출렁이며 끼어들었다.

"저도 서핑을 하고 있어요! 별로 잘하진 못하지만."

에미는 순간 화가 치밀었지만 얼굴에 드러나지 않도록 조심했다. 그런 건 어차피 이 자리에서 노리히코의 관심을 끌기 위해 그냥 던져보는 말일 뿐이다.

"앗, 아사바 씨도요? 주로 어디로 가세요?"

"전 그냥 저희 지역에서 해요. 가츠우라나 이소노우라 같은 곳이요."

"와카야마네요. 저도 간 적이 있는데 파도가 최고였어요."

즐겁게 이야기하는 두 사람을 보고 에미는 큰 충격을 받았다. 그리고 재빨리 대화에 끼어들었다.

"하지만 골프도 재미있지 않나요? 전 최근에 골프를 시작했는데, 이 지역의 코스도 돌아보고 싶어요."

"아, 제가 완전히 서핑에 빠져가지고 요즘 골프는 전혀 안 하고 있어요."

이럴 수가. 예측 불능의 데이터 변경이 있었을 줄이야.

초조해지기 시작한 에미에게 확인 사실을 하듯이 풍만한 가슴의 애견 미용사가 말했다.

"저번에 처음으로 오키나와에 가서… 아, 사진 있는데 보시겠어요?"

순간, 에미의 뇌리에 중요 부분만 겨우 가린 비키니로 풍만한 가슴을 어필하며 서핑 보드에 누워 있는 관능적인 여자의 모습이 떠올랐다. 버추얼 육탄전 앞에선 막대하고 치밀한 데이터도 무력하다. 제발 부탁이니까 그런 건 보여주지 마….
하지만 에미의 간절한 바람도 덧없이 풍만 가슴은 재빨리 휴
대전화를 조작해 노리히코에게 사진을 보여주었다.

"어때요?"

"아, 좋네요."

노리히코가 미소 지었다.

"저도 좀 보여주세요."

분위기 잘 맞추는 여자를 연기하기 위해 다른 여자들이 사
진을 들여다보았다. 에미도 얼른 그 대열에 합류했다.

다행히 비키니는 아니었다. 몸은 물론이고 목과 팔다리까
지 검은 웨트슈트로 완전히 싸여 있었다.

뭐야, 난 또. 에미는 안도했다.

"웨트를 갖고 계실 정도면 꽤 본격적으로 하시나 보네요."

안도한 것도 잠시, 노리히코가 눈을 반짝였다. 그리고 다시
서핑 이야기로 내화에 꽃이 피었다. 물론 노리히코는 거기 있
는 모든 여자에게 말을 건네고 있지만, 풍만 가슴 애견 미용
사에게 마음이 있는 것은 의심의 여지가 없었다.

에미는 몇 번인가 화제를 일 이야기로 돌리려고 시도했지
만, 이야기는 다시 자연스럽게 서핑으로 흘러갔다. 무엇보다
도 노리히코 본인이 즐거워 보였다.

망했다. 에미는 속으로 혀를 찼다.

과거의 방송을 분석한 결과, 본가가 회사를 경영하고 본인도 그 회사의 임원인 남성의 경우, 첫 프리 타임에서 가업 이야기를 꺼내 상대를 이해시키는 경향이 있었다. 그래서 프리 타임 전반에 노리히코의 일 이야기를 잘 들어주고, 후반에 편안한 분위기로 취미에 대해 이야기하는 패턴을 예상하고 있었는데.

이렇게 전개될 줄 알았으면 서핑 이야기가 나오기 전에 미리 연습해온 무라카미 하루키와 에반게리온 대화라도 해둘걸.

다음 차례인 자택 방문 타임 때 만회하자. 그래, 부모님 앞에서 일 이야기로 어필하자.

에미는 생글생글 웃으며 노리히코와 풍만 가슴의 이야기에 맞장구를 치면서 마음속으로 새로운 투지를 불태우고 있었다.

개별적으로 찾아가는 방문 타임에 노리히코의 본가에 나타난 여성은 열세 명이었다.

…또 13분의 1, 7.69퍼센트로 떨어졌어.

에미는 냉정하게 계산하면서도 한숨을 내쉬었다.

프리 타임 때 기껏 두 명이 줄었는데, 새로운 얼굴이 둘 섞여 있었다. 한 명은 간호사, 다른 한 명은 동물병원 근무. 그녀들은 프리 타임 때 제2지망 이하를 대충 가늠해보고, 방문 타임에 제1지망에 승부를 걸어온 것이다.

이런 타입은 조금 성가시다. 뉴 페이스라 프리 타임 멤버들보다 아무래도 유리해진다. 노리히코의 입장에서는 그녀들에게 말을 걸지 않을 수 없고, 또한 그녀들에게 궁금한 점도 있을 것이다.

열 평쯤 되는 거실에 음식이 차려진 네모난 교자상 두 개가 붙어 있고, 상 주위에 방석이 놓여 있었다. 그것을 둘러싸고 열세 명의 여자들이 어색하게 서 있었다. 노리히코가 어디 앉을지 상황을 주시하는 것이다. 당사자인 노리히코는 뜻하지 않은 대인원에 당황한 듯 머뭇거리며 "적당히들 앉으세요"라는 말만 되풀이했다.

…방문 타임의 핵심인 자리 배치에 '적당히'란 없는데.

어떻게 행동해야 좋을까.

에미는 모인 여자들과 상황을 지켜보면서 열심히 머리를 굴렸다.

뉴 페이스를 제치고 노리히코와 이야기하고 싶다면 그의 옆자리, 즉 베스트 포지션에 앉아야 한다. 하지만 어차피 노리히코는 뉴 페이스와 이야기하기 위해 에미를 건너뛰고 대화하는 모양새가 될 것이다. 그리고 텔레비전으로 봤을 때, 방문 타임에 베스트 포지션을 사수하는 여자는 솔직히 추해 보인다. 자기밖에 모르는 이기심이 도드라져 보이기 때문이다.

결정했어! 여기선 노리히코에게 너무 집착하지 말자. 자신은 프리 타임 때 한 번도 이동하지 않고 그의 곁을 지켰다. 그리고 이렇게 집까지 왔으니 노리히코에게 마음이 있다는 건 충분히 어필하고도 남았을 것이다. 방문 타임에서는 배려를 중점적으로 보여주기로 하자.

"리더는 주인공이시니까 생일 자리에 앉으시면 어떨까요? 새로 오신 분들은 괜찮으시면 리더 양옆에 앉으시고요."

간호사와 동물병원에게 말을 건네자, 두 여자는 조금 놀란 얼굴로 에미를 쳐다보았다. 다른 여자들은 못마땅한 표정이었지만, 베스트 포지션 쟁탈전이 종결되자 제각기 자리에 앉았다. 교자상 끝 쪽, 이른바 생일 자리에 앉은 노리히코는 안도한 표정으로 에미를 향해 미소 지었다.

풍만 가슴은 간호사 옆, 즉 세컨드 포지션을 확보. 그리고 에미가 선택한 자리는 노리히코의 정면, 그러니까 제일 먼 자리였다. 하지만 그 자리를 선택한 데는 이유가 있었다. 노리히코의 부모님, 다시 말해 숨은 주인공과 가장 가까운 자리였기 때문이다. 부모님은 방해가 되지 않으려고 조용히 소파에 앉아 있었다.

"오늘은 이렇게 와주셔서 감사합니다. 건배!"

노리히코의 건배 선창과 함께 잔이 한바탕 부딪치고 나서 잡담이 시작되었다. 화기애애한 것 같지만 실제로는 여성들끼리 서로를 탐색하고 견제하고 있다. 아무도 눈으로는 웃고 있지 않았다. 모두가 노리히코의 관심을 끌기 위해 필사적이다. 이런 상황에서 노리히코를 둘러싸고 경쟁하는 것은 좋은 방책이 아니다.

"노리히코 씨는 어릴 때 어떤 아이였나요?"

여자들이 모두 노리히코에게만 신경을 집중한 사이, 에미만이 그의 어머니에게 말을 걸었다. 그녀는 미래의 시어머니로 지극히 중요한 인물이다. 그리고 노리히코의 회사에서는 현직 사장 부인이기도 하다.

"의외로 소극적이고, 친구도 별로 없어서 초등학교 때에는 좀 걱정했어요."

노리히코의 어머니는 기쁜 얼굴로 웃었다.

"아, 앨범을 가져오지그래?"

노리히코의 아버지의 제안에 어머니가 "그래요" 하며 몸을 일으켰다. 좋은 흐름이다. 잠시 후 노리히코의 어머니가 가정용 앨범 몇 권과 고등학교 졸업 앨범을 가지고 돌아왔다.

"우와, 정말 귀엽네요."

"그렇죠? 이때 노리히코가 나무에서 떨어져서…."

즐겁게 이야기하면서도 부모님 역시 이 자리에 모인 여성 전원을 며느리 후보로서 엄격한 눈으로 관찰하고 있을 것이다. 부모님의 의견이 노리히코의 결정에 미치는 영향은 작지 않으리라. 즉, 결정은 노리히코 혼자 내리는 게 아니라 셋이 함께 내린다고 생각하는 게 정답이다.

"그나저나 참 야무진 아가씨네."

"자연스럽게 자리를 정해줘서 덕분에 살았어요. 옆에서 보면서 너무 답답했거든요. 그렇다고 내가 나설 수도 없고."

노리히코의 어머니는 규슈 여성답게 여장부 스타일인 듯했다.

"아뇨, 별말씀을요." 에미는 겸손하게 대답했다. "주제넘은 짓을 한 것 같아서 지금 생각하니까 부끄러워요."

"무슨 소리를. 그런 사람은 어디에나 꼭 필요해요, 안 그래요? 여보."

"아무렴, 그런 건 일본인의 나쁜 버릇이야. 외국 사람들과 일하다 보면 회의나 프레젠테이션을 할 때에도 일본인의 그런 답답한 면이 눈에 보이거든. 아가씨 같은 사람은 아주 귀중해."

사장 부부의 칭찬에 에미는 내심 몹시 기뻤지만, 그래도 끝까지 겸손한 태도를 유지했다.

여기서 방심하면 안 된다. 에미는 이과 여자다. 과거 방영분을 바탕으로 한 데이터에 의하면, 이과 여자는 미래의 시부모에게서 '따지기 좋아할 것 같다' '시골 집 며느리 노릇을 할 수 있을지 모르겠다'는 이유로 환영받지 못하는 경향이 있다. 반면, 단연 인기가 높은 직업은 장래의 육아와 병수발을 고려해서인지 보육 교사, 간호사, 요양 보호사다. 에미는 이과 여자지만 아이들을 좋아하고 간호에도 관심이 있음을 슬슬 어필하고 싶었다.

어떻게 할까 고민하면서 잡담을 이어가고 있을 때, 갑자기 어린아이가 문을 열고 들어와 "할아버지! 할머니! 나도 같이 얘기할래!"라며 소파 쪽으로 다가왔다.

"에구머니, 토모, 오늘은 중요한 일이 있는 날이니까 2층에 가서 놀럼."

아이를 보고 인자하게 웃으며 노리히코의 어머니가 나무라는 시늉을 했다.

"어머, 토모노리. 여기 있었구나." 이어서 아이의 엄마로 보이는 여성이 급하게 들어와 "얼른 가자. 엄마, 노리히코에게 미안하다고 전해주세요"라고 말하고는 허둥지둥 남자아이를 데리고 나가려고 했다.

상황을 보아하니 이 여성은 노리히코의 누나인 듯했고, 그렇다면 남자아이는 그의 조카가 된다.

절호의 찬스!

"이름이 토모노리니? 누나랑 같이 놀자. 이리 와."

에미가 양팔을 벌리자 토모노리는 신나게 에미의 품으로 뛰어들었다.

"어머, 괜찮으세요?"

미안하다는 얼굴로 누나도 소파에 앉았다. 미래의 시누이에게 어필할 찬스까지 동시에 굴러들어올 줄이야.

"물론이죠. 저는 아이들을 정말 좋아해요. 토모노리는 몇 살이니?"

"네 살!"

"그렇구나. 잘 부탁해."

에미는 토모노리를 무릎에 앉히고 이런 경우에 대비해 연습해 온 손동작 놀이로 토모노리와 놀아주기 시작했다. 노리히코와 거리는 멀지만, 에미가 조카와 함께 노는 모습은 틀림없이 그의 시야에 들어갈 것이다. 여기서 확실하게 점수를 따두자.

토모노리가 까르르 웃을 때마다 에미에 대한 노리히코 가족들의 태도가 점점 호의적으로 변하는 것을 느낄 수 있었다.

좋아, 좋아.

에미는 보람을 느꼈다.

이대로 조금씩, 조금씩 선택받을 확률을 높여가자….

"에미 양은 명찰에 전자 회사에 근무한다고 쓰여 있는데." 노리히코의 아버지가 입을 열었다. "어느 회사에서 무슨 일을 하나?"

왔다.

남자의 아버지에게서 개인적으로 질문을 받는 것은 좋은 징조다.

"인터사에서 로봇을 개발하고 있습니다."

노리히코의 부모님과 누나가 일제히 오오 하고 놀란 표정을 지었다.

"호오, 대단하군. 머리가 아주 좋은가 보구먼."

노리히코의 아버지가 감탄한 듯 고개를 주억거렸다.

"하지만… 너무 대단해서 수산업계하고는 거리가 멀 것 같네."

노리히코의 어머니가 복잡한 표정을 지었다.

"아뇨, 그렇지 않습니다."

에미는 자신만만하게 웃었다. 이 질문도 예상 범위 안이라 모범 답안을 준비해 온 것이다.

"바다 속에서 물고기의 생육 상태를 조사해 기록하는 로봇도 개발하고 있기 때문에 실은 수산업에 종사하시는 분들과도 거래가 많이 있습니다."

"그러고 보니까, 여보."

노리히코의 어머니가 아버지의 팔을 가볍게 두드렸다.

"니시미시에서 도입했다고 하지 않았어요?"

"네, 맞아요!" 에미가 몸을 앞으로 내밀었다. "나가미시 옆에 위치한 니시미시의 양어장에 도입되었어요. 작년에 제가 납품을 위해 방문한 적이 있습니다."

"어머나, 그럼 수산업 현장에 온 적이 있군요?"

"네, 생선을 뭍에 끌어올리는 작업과 가공 현장도 견학했습니다. 굉장히 흥미로웠어요."

"호오, 그래?"

노리히코의 아버지가 만족스럽게 고개를 끄덕였다. 좋은 징조다.

"그 밖에 요양용 로봇도 개발하고 있어서 노인 요양 시설에 한 달 정도 요양 보호 실습을 나간 적도 있습니다. 식사와

목욕 보조 같은 일을 실제로 경험하지 않으면 좋은 로봇을 만들 수 없으니까요."

"어머나, 노인 수발 경험도 있군요."

노리히코의 어머니의 얼굴에 미소가 번졌다.

"수산용과 요양용 로봇은 우리 양어장과 집에도 슬슬 필요하지 않나?"

누나가 농담 섞인 어조로 말했다.

"잘 부탁드립니다! 특별 할인 가격으로 드리겠습니다."

에미가 장난스럽게 대답하자, "에미 양은 재미있는 아가씨구면" 하고 노리히코의 아버지가 파안대소했다. 다른 여자들에게 주도권을 뺏기고 대화에서 밀려난 풍만 가슴이 에미 쪽을 보았다. 노리히코의 부모님과 화기애애한 에미를 보더니 그런 방법이 있었구나 하는 듯 분한 표정이다.

노리히코와 눈이 마주쳤다. 이미 가족의 일원에게 향하는 듯한 친근감이 담긴 시선이다. 이건 상당히 좋은 징조가 아닐까.

"일 얘기 그만해. 재미없어."

에미의 무릎 위에서 토모노리가 칭얼거렸다.

"미안, 미안. 아, 누나가 좋은 거 줄까?"

에미는 가방에서 작은 장난감을 꺼냈다. 손바닥만 한 플라

스틱 반구체에 바퀴가 달린 디자인이다. 스위치를 켜고 바닥에 내려놓자, 장난감은 장애물을 피하며 거실 바닥을 주행하기 시작했다.

"우와! 이거 누나가 만들었어?"

토모노리가 눈을 초롱초롱 반짝이며 장난감을 요리조리 살펴보았다.

"응, 이름은 터보 군이야. 그냥 달리는 것밖에 못 하는 아주 단순한 로봇이지만, 그래도 배터리가 떨어지면 혼자 충전 장소로 갈 수도 있고 조금 똑똑해."

"짱이다! 진짜로 나 주는 거야?"

"물론이지."

"어머, 미안해서 어떡해요."

노리히코의 누나가 당황한 얼굴로 말했다.

"아니에요. 실은 원래 노리히코 씨에게 선물하려고 가져온 거예요. 제가 어떤 일을 하는지 간단하게나마 보여드릴 수 있을 것 같아서요."

"그래요? 그럼 고맙게 받을게요. 우리 토모노리는 좋겠네."

"에미 누나, 고마워!"

토모노리가 에미에게 와락 달려들어 안겼을 때, 스태프가 "방문 타임 종료입니다. 버스가 기다리고 있으니 서둘러주세요"라고 현관에 와서 소리쳤다.

"앗, 에미 누나. 가는 거야? 또 올 거야?"

몸을 일으킨 에미의 치맛자락을 토모노리가 붙잡고 늘어졌다.

"응, 또 올게. 그때까지 터보 군이랑 잘 놀고 있어."

"약속! 에미 누나, 또 와!"

손가락 걸고 약속하는 에미와 토모노리를 온 가족이 흐뭇한 얼굴로 지켜보았다.

가족의 마음은 얻었다….

에미는 확신하고 있었다.

딱딱한 이미지인 이과 여자지만, 나름대로 어필 방법은 있는 것이다. 에미는 큰 보람을 느끼며 다테오가를 뒤로했다.

숙박할 호텔에 도착한 에미는 마야와 교대로 샤워를 마치고 그대로 침대에 쓰러졌다.

"아, 너무 힘들어."

얼굴에 팩을 하면서 마야가 투덜거렸다.

"마야 씨는 방문 타임 잘했어?"

"다이스케 씨네 집은 멜론 농가라 밭도 구경하고 재미있었어. 도중에 A지가 쳐들어와서 어머니한테 미래의 며느리에게 가업을 이해시켜야 한다고 해서 어떤 게 잘 익은 멜론인지 고르는 연습도 했어. 엄청 긴장되더라."

"여자들은 몇 명이나 왔어?"

"세 명."

"3분의 1, 33.3퍼센트네. 나쁘지 않아."

"에미 씨는 어땠어?"

"무려 열세 명이나 왔는데, 그래도 가족들과 제법 많이 이 야기했어. 시뮬레이터로 연습한 대화 패턴을 부모님에게 응 용한 덕분에 그럭저럭 잘한 것 같아."

"흐, 흐응…."

"이제부터 오늘 새로 알아낸 노리히코 씨 정보를 업데이트 하고 내일의 경향을 예측할 거야."

"저기 있잖아, 에미 씨."

침대에 누운 채로 가방에서 노트북을 꺼내는 에미에게 마 야가 조심스럽게 말했다.

"그런 식으로 뭐든지 다 데이터화하고 시뮬레이터로 연습 하는 거… 안 하는 게 낫지 않을까?"

"왜?"

"그야… 세상일이란 게 꼭 확률과 계산대로만 되는 건 아 니니까."

"하지만 이런 건 누구나 다 하는 거 아냐? 나처럼 툴을 사용하지 않을 뿐이지, 다들 머릿속으로 마음에 있는 사람의 취향을 분석하고 거기에 가까워지기 위해 대책을 세우잖아."

"그럴 수도 있지만… 그래도 에미 씨의 경우는 아무리 생각해도 좀 과한 것 같아. 부자연스럽다고 할까, 애당초 결혼 활동이란 게 데이터대로 될 리 없잖아."

"하지만 실제로 오늘은 결과가 좋았는걸."

"음, 하지만 뭐랄까. 데이터 분석에만 너무 의지하면… 거기에 오히려 발목 잡힐 것 같아서…."

"완벽하게 준비해놓는 게 뭐가 문제야?"

"문제라는 게 아니라… 미안, 난 머리가 나빠서 잘 설명을 못 하겠다."

마야가 한숨을 내쉬었다.

"걱정 마, 마야 씨."

에미는 마야를 안심시키려는 듯이 미소를 지었다.

"이과 여자는 연애나 결혼 활동에 관해선 재주가 없지만, 난 내 나름대로 최선을 다해 노력하는 중이야. 그러니까 안심해."

"…그래, 사람마다 방법은 다른 법이니까. 괜히 쓸데없는 소리를 해서 미안해."

마야는 얼굴에서 팩을 떼어내고 스탠드 불을 껐다.

"자, 푹 자고 내일에 대비해야지. 우리 둘 다 내일도 힘내자. 잘 자."

"응, 잘 자."

잠시 지나자 고른 숨소리가 들려왔다.

불 꺼진 방에서 에미는 귀에 이어폰을 꽂고 노트북을 열었다. 푸르스름한 빛이 희미하게 방 안을 비췄다.

내일은 먼저 최종 프리 타임이 있다. 그 후에 고백 타임이다.

프리 타임 때 결정적인 인상을 남겨야 한다. 그러기 위한 대책에 만전을 기하자.

그렇게 다짐하면서 에미는 화면 속의 노리히코를 마주했다.

다음 날 아침.

룰렛 타임을 했던 잔디 그라운드에서 마지막 프리 타임이 시작되었다.

주어진 시간은 한 시간. 거기에 따라 운명이 결정되기라도 하는 것처럼 참가자들의 눈빛은 비장했다.

A지의 휘슬과 함께 참가자들이 제각기 움직이기 시작했

다. 이미 1대1로 시간을 보내온 커플은 자연스럽게 마지막 타임을 단둘이 보내고 있다. 마야는 다이스케를 향해 일직선으로 달려가고 있었다.

에미는 물론 노리히코에게로 향했다. 노리히코 주위에는 순식간에 어제의 방문 타임 때와 같은 멤버들이 모여들었다. 여전히 13분의 1이구나…. 실망감에 사로잡혔을 때, 노리히코가 갑자기 고개를 숙이며 말했다.

"오늘은 안나 씨, 료우코 씨, 키미카 씨, 에미 씨와 중점적으로 이야기하고 싶습니다. 다른 분들께는 대단히 죄송합니다."

다른 분들이라고 통칭된 탈락 멤버들이 어색하게 인사하고 허둥지둥 그 자리를 떠났다. 에미를 포함해 선택받은 여성들은 무의식중에 미소를 나누었다.

"한 분씩 돌아가면서 단둘이 이야기하고 싶은데, 괜찮으실까요?"

노리히코가 네 여자를 둘러보며 말했다. 모두가 고개를 끄덕이는 것을 확인하고 노리히코는 곧바로 첫 번째 여성과 함께 약간 떨어진 벤치로 갔다.

이로써 4분의 1. 드디어 25퍼센트까지 확률이 높아졌다. 여기서부터는 0.1퍼센트라도 우위를 점하면 승리를 거머쥐는 것이다.

에미와 나머지 두 명은 테이블 자리에서 대기했다. 세 명의 멤버를 본 에미는 자신의 분석이 틀리지 않았음을 재확인했다. 최종 단계까지 남은 사람은 간호사, 보육 교사, 요양 보호사로, 모두 직업이 탄탄하면서 동시에 부모가 좋아할 만한 여성들뿐이었다. 서핑 이야기로 대화에 꽃을 피웠던 풍만 가슴은 없다. 역시 노리히코는 견실한 타입인 것이다.

"이중에서 누구를 선택할까요?"

보육 교사와 노리히코가 대화하는 모습을 멀리서 바라보며 간호사가 중얼거렸다.

"키미카 씨 아닐까요?"

"어머, 아니에요. 노리히코 씨는 안나 씨에게 더 마음이 있는 것 같던데요!"

에미는 무의미한 대화에 귀를 기울이지 않고 냉정하게 주위를 둘러보았다. 남자를 에워싼 여성 그룹 몇 개가 생겼지만, 개중에는 주위에 여자가 한 명도 없는 남자도 여럿 있었다. 그들은 한 손에 음료를 든 채 어색하게 서 있었다. 너무나 잔인한 현실. 그리고 아직 마음을 못 정했는지 여기저기 왔다 갔다 하는 여자들도 있었다. 마침 에미의 뒤로도 그런 여자가 몇 명 지나갔다.

"아, 저기요."

그중의 한 명에게 에미가 말을 걸었다. 프리 타임 때에만 노리히코에게 왔었던 가사 도우미다.

"네…?"

그녀는 걸음을 멈추고 의아하다는 얼굴로 에미를 보았다. 명찰에는 타지마 유키라고 쓰여 있었다.

"타지마 씨였던가요? 좋은 결과 있기를 바랄게요."

에미가 미소를 지어 보이자, 유키는 당황한 듯 "아, 네에"라고만 대답하고 그대로 걸어가버렸다. 에미의 그런 행동에 함께 대기 중이던 두 여자가 이해가 안 간다는 듯이 고개를 갸웃했다.

잠시 후 이야기가 끝났는지 노리히코와 여성이 벤치에서 일어나 이쪽으로 다가왔다.

"다음은 에미 씨, 부탁드립니다."

노리히코의 호명에 에미는 "네!" 하고 원래 목소리보다 한 톤 높게 대답하고 자리에서 일어섰다.

"어제는 집까지 와주셨는데 대화도 별로 못 하고 미안합니다."

벤치에 앉자마자 노리히코가 머리를 긁적이며 사과했다.

"아니에요. 아버님, 어머님이 앨범도 보여주시고, 또 토모노리도 저랑 놀아줬는걸요."

"하하하, 토모노리 녀석이 에미 씨가 돌아간 후에도 내내 에미 씨 이야기만 하더라고요. 노리히코 삼촌, 에미 누나랑 꼭 결혼…."

그렇게 말하다 말고 노리히코는 얼굴이 빨개지면서 얼른 입을 다물었다. 에미는 수줍게 눈길을 떨구었다.

"아, 아무튼 토모노리가 에미 씨 이야기를 많이 하더라고요."

노리히코가 헛기침을 했다.

"마지막으로 에미 씨의 마음을 확인하고 싶은데요, 도쿄와 구마모토는 거리가 꽤 먼데 그 점은 어떻게 생각하세요?"

어제 시뮬레이터로 연습한 예상 질문이다. 에미는 노리히코를 안심시키듯이 미소를 지었다.

"큰 문제는 아니에요. 제가 주말마다 만나러 오면 되죠. 그리고 어제 부모님께도 말씀드렸지만, 이쪽으로 종종 출장을 오기도 하고요."

"듣던 중 기쁜 말씀이군요. 다만 앞으로 우리가 만약 결혼하게 된다면, 지금 다니는 회사를 퇴사하고 저희 회사 일을 도와주시는 게 가능할까요? 현재 일하시는 곳처럼 대기업은 아니지만…."

"물론이죠. 부족하나마 최선을 다해 돕고 싶습니다."

이것도 예상 질문이라 막힘없이 대답할 수 있었다.

"노리히코 씨처럼 멋진 분과 함께라면 뭐든지 다 할 수 있어요. 부디 잘 부탁드립니다. 그리고 서핑에도 관심 있으니까 가르쳐주세요."

에미가 애교스럽게 말하자, 노리히코는 눈부신 표정으로 눈매를 좁혔다.

"저야말로 잘 부탁드립니다. 에미 씨를 만나서 정말 다행이에요."

그리고 잠시 말없이 서로를 응시한다. 그 모습을 카메라가 정면에서 찍고 있었지만, 에미는 개의치 않았다. 커플이 성사되면 아마 이 장면이 여러 번 반복될 것이다.

다른 세 여자보다 몇 퍼센트는 확실하게 높였다는 확신을 품고서 에미는 촉촉한 눈망울로 노리히코에게 뜨거운 시선을 보냈다.

드디어 메인 이벤트인 고백 타임이 시작되었다.

잔디밭 위에 남성과 여성 참가자들이 한 줄로 정렬해 마주보고 있다. 조금 떨어진 곳에는 햇볕을 피하기 위한 텐트가 있고, 그 안에서 남성 참가자들의 가족들이 지켜보고 있었다.

에미의 순서는 두 번째, 긴장감이 최고조에 달한다. AD가 건네준 꽃다발을 든 손이 땀으로 축축했다.

"자, 드디어 고백 타임입니다!"

A지가 외치자, 푸른 하늘에 마이크의 날카로운 하울링이 울려 퍼졌다.

"다들 마음은 정하셨습니까? 그럼 첫 번째로 키베 아이코 씨, 시작해주세요!"

이름을 불린 여성이 마음을 정한 듯 고개를 반짝 들고 앞으로 걸어 나갔다. 넓디넓은 잔디 운동장에서 마음에 둔 남성을 향해 홀로 걸어가는 뒷모습이 씩씩하게 빛났다.

"아이다 요시오 씨 앞에서 멈췄습니다!"

그렇게 말한 후, A지가 잠시 침묵했다. 타임을 외치는 소리가 없는지 확인하는 것이다. 아무도 나서지 않는 것을 확인하자, "키베 아이코 씨, 그럼 고백해주세요!"라고 말했다.

"이틀 동안 정말 즐거웠습니다. 더 오랫동안 함께 있고 싶어요. 잘 부탁드립니다."

그녀가 꽃다발을 내밀자 아이다가 한 발짝 앞으로 나와 꽃다발을 받아 들었다. 동시에 환성이 울려 퍼졌다.

"축하합니다. 한 쌍의 커플이 탄생했습니다!"

TV에 방영될 때에는 이 장면에서 아이돌 가수의 러브송이 흐르고, 스튜디오의 패널들이 뜨거운 박수를 보내며 분위기를 한껏 띄울 것이다.

"지금 심정은요?"

"어떤 점이 좋았습니까?"

이어지는 A지의 질문에 두 사람이 수줍어하며 대답했다. 마지막으로 "오래오래 행복하십시오!"라는 마무리 멘트와 함께 다시 박수갈채가 쏟아지고, 두 사람은 커플 벤치에 앉았다. 가족석에 앉은 남자의 어머니가 눈물을 훔치는 모습이 보였다.

"그럼 다음은 고토 에미 씨, 부탁드립니다!"

…드디어 이 순간이 왔구나.

에미는 발걸음을 내디뎠다.

지금까지 준비는 빈틈없었다. 이제 어떤 결과가 나올 것인가…. 마지막 순간이 오면 성과를 믿는 것도 이과 여자의 긍지다.

에미는 노리히코 앞에 섰다.

"리더 앞입니다!"

A지의 말이 채 끝나기도 전에 "잠깐만요!"를 외치는 소리가 들렸다. 그것도 한두 명이 아니다. 느낌상으로도 얼추 열

명 이상.

여러 명이 태클을 걸고 나설 것은 이미 예상한 바이다. 뒤에서 잔디밭을 걸어오는 소리와 함께 무서운 집념으로 무장한 여자들의 열기가 다가온다. 실제로 노리히코도 그녀들의 기세에 주눅 든 얼굴이었다.

에미의 옆으로 여자들이 나란히 늘어섰다. 곁눈질로 슬쩍 보니 아니나 다를까, 풍만 가슴, 보육 교사, 요양 보호사, 사무원, 공인중개사 등 모두 낯익은 얼굴들이다. 마지막 프리 토크 때 이미 거절당한 여자들도 있는 건 그럼에도 포기할 수 없었기 때문이리라.

"고토 에미 씨, 고백해주세요!"

A지가 외쳤다. 에미는 심호흡을 하고 미소 지었다.

"노리히코 씨의 성실함과 가족분들의 따스한 인품을 접하고 미래를 함께하고 싶어졌습니다. 좋아합니다. 잘 부탁드려요."

에미는 꽃다발을 내밀고 고개를 숙였다.

"그럼 다음은 아사바 히로미 씨."

사회자가 에미 옆에 선 풍만 가슴에게 마이크를 가져갔다.

"서핑 취미도 잘 맞고 함께 있으면 즐거웠어요. 잘 부탁드립니다."

여자들이 차례대로 고백을 마치고 마침내 선택의 순간이
왔다.

발밑을 응시하면서 에미는 그의 대답을 기다렸다.

자, 노리히코 씨.

나를 선택하고 이 꽃다발을 받아줄 건가요?

아니면….

"잘 부탁합니다."

노리히코의 그림자가 움직였다.

"타지마 유키 씨."

노리히코의 입에서 나온 것은 에미의 이름이 아니었다.

"축하합니다! 여러분, 박수 부탁드립니다!"

고개를 들자, 노리히코가 꽃다발을 받아 들고 멋쩍게 유키
의 손을 잡는 모습이 보였다. 어제 프리 타임 때 일찌감치 무
리를 떠나 자택 방문 때에도 오지 않았던 가사 도우미가 선택
되자, 에미의 옆에 늘어선 열두 명의 여자들은 망연자실한 표
정이었다.

"타지마 씨, 결국 마지막 순간에 갔군요."

A지가 가사 도우미의 어깨를 두드리며 말했다.

"네, 용기를 주셔서 감사합니다."

"리더도 축하합니다. 보면서 아주 조마조마했습니다."

"덕분에요. 첫인상부터 마음에 정했던 타지마 씨는 말도 거의 안 걸어주시고, 방문 타임 때에도 안 오셔서 포기하고 있었습니다. 하지만 이렇게 마지막 순간에 기적적으로 마음이 통했네요. 정말 행복합니다!"

마이크에 대고 노리히코가 밝은 목소리로 말했다.

그랬구나.

"자, 그럼 커플 벤치로 가주세요…."

쏟아지는 박수 속에 손을 맞잡고 벤치로 걸어가는 두 사람을 카메라가 쫓아간다. 여기서 다시 러브송이 흐를 것이다.

13분의 1이라는 분모 자체에도 포함되지 않았던 여자.

에미는 미소를 지으며 아낌없는 박수를 보냈다.

실연당한 사람 전용 벤치로 이동해서 이어지는 고백 타임을 지켜본다. 드디어 마야가 다이스케에게 고백할 차례가 되었다. 그러나 세 여자가 "잠깐만요!"를 외쳤고, 결과 다이스케는 다른 여성을 선택했다. 실연 팀 벤치로 온 마야는 울면서 에미의 품에 안겼다.

"이상으로 제17회 「미션 천생연분」 역고백 스페셜을 마치겠습니다! 커플이 되신 분들, 모두 행복하십시오!"

벤치에 앉은 커플을 카메라가 차례로 비추었다. 에미와 마야가 속한 실연 팀은 A지와 카메라맨, 음성 담당자의 뒷모습을 하릴없이 바라보며 촬영이 끝나기만을 허탈한 기분으로 기다리고 있었다.

　작별 타임이 되었다.
　장례식장의 분향 줄처럼 묵묵히 줄지어 버스에 오르는 실연 팀 옆에서 커플들이 이별을 아쉬워하고 있었다. 그 모습을 멀리서 바라보던 남성 참가자들의 가족 중에서 노리히코의 부모님을 발견하고 에미는 종종걸음으로 달려갔다.
　"어제는 맛있는 음식 잘 먹었습니다. 정성 어린 대접에 진심으로 감사드립니다."
　그렇게 말하자, 노리히코의 어머니는 어색한 미소를 지었다.
　"어머나, 에미 양. 일부러 인사까지…."
　"괜히 미안하구먼."
　노리히코의 아버지도 미안한 표정이었다.
　"아닙니다. 어쩔 수 없죠. 나중에 또 출장으로 이쪽에 오게 될지도 모르겠어요. 혹시라도 보시면 말씀을 건네주세요. 정말로 신세가 많았습니다. 안녕히 계세요."
　마지막으로 공손하게 인사한 후, 에미는 다시 버스 탑승 줄로 돌아갔다. 뒤에서 노리히코의 부모님이 "저렇게 좋은 아가씨를" 하고 중얼거리는 소리가 들렸다.

에미가 마지막으로 오르자 버스는 곧 출발했다. 손을 흔드는 남자들의 모습이 멀어져간다. 노리히코는 줄곧 타지마 유키에게 손을 흔들고 있었다.

옆자리에서는 마야가 담요를 끌어안고서 울고 있었다. 에미가 어깨를 토닥거려주자 그녀는 더 크게 흐느꼈다.

"흑흑, 너무 속상해. 난 진심이었는데."

연신 콧물을 훌쩍거린다.

"마지막 타임에 그 사람이 뭐라고 했는지 알아? 식은 해외에서 올리는 게 어떠냐는 둥, 신혼여행은 어디가 좋겠냐는 둥, 기대란 기대는 다 하게 만들었단 말이야."

"정말? 그건 심했다."

"나중에 아이가 태어나면 서로의 이름에서 한 글자씩 따서 이름 짓자고, 다이스케의 다이와 마야의 야를 합치면 다이야가 된다고 그러더니!"

그 말에 무심코 빵 터질 것 같아서 에미는 얼른 표정을 다 잡았다. 하지만 마야는 에미의 입가에 스친 미소를 놓치지 않았다.

"에미 씨는 아무렇지도 않나 봐? 안 속상해?"

"물론 안 속상하다면 거짓말이지." 에미는 대답했다. "노리히코 씨도 은근히 기대하게 만들었으니까. 솔직히 성공이라고 생각했었어."

"에미 씨도 그랬어?"

"마지막 프리 타임 때는 네 명만이 남았고, 4분의 1에 25퍼센트면 나름대로 높은 확률이잖아. 하지만 결국 분모 자체가 의미 없는 숫자가 돼버렸어."

"누가 이과 출신 아니랄까 봐 이 와중에도 그러기야?"

마야는 빨개진 코를 실룩거렸다.

"하지만 에미 씨도 이제 확률 예측이나 시뮬레이션 같은 게 소용없다는 걸 알았지? 사람의 마음은 마지막 순간에 아주 사소한 일로도 달라질 수 있으니까 말이야."

"음, 그런가."

에미는 동의도, 부인도 하지 않고 모호하게 웃었다.

"난 결심했어." 마야가 눈물을 닦으며 말했다. "다음에도 또 참가할래. 이 프로그램을 통해서 꼭 결혼하고 말 거야. 에미 씨도 같이 안 할래? 다음에 또 같이 오자."

"됐어. 난 어디까지나 노리히코 씨를 만나기 위해 참가한 거니까. 오히려 마야 씨야말로 이렇게 포기해도 괜찮아? 다이스케 씨에게 진심이었다더니 겨우 그 정도의 마음이었어?"

"좋아하는 사람을 눈앞에서 뺏겨놓고 지금 무슨 소리야. 그러지 말고 다음 회에 나랑 같이 신청하자. 여러 번 참가하면 에미 씨가 좋아하는 확률도 높아지잖아."

에미는 저도 모르게 웃음을 터뜨렸다.

"아니, 이번이 정말로 마지막이야. 내가 좋아하는 사람은 노리히코 씨뿐이니까."

"에미 씨 바보! 그래봤자 무슨 소용이야. 어차피 우린 이미 졌는데."

마야는 그렇게 말하고 담요를 머리 위까지 뒤집어썼다. 다시 흐느끼는 소리가 들렸다.

이렇게 쉽게 다이스케를 포기할 정도면 마야의 마음은 그리 크지는 않았던 것이리라. 그렇다면 다음 회에 다시 참가해 새로운 상대를 찾는 게 정답이고, 그런 그녀를 응원해줄 수도 있다.

하지만 에미는 다르다.

난생처음으로 첫눈에 반한 것이다. 노리히코가 아닌 다른 남자와 결혼한다는 건 상상할 수도 없다. 그러니까….

에미는 노트북을 꺼내 이어폰을 귀에 꽂았다.

지금쯤 노리히코는 집에 돌아갔을 시간이다.

앱을 열자, 노리히코네 본가의 거실이 화면에 비쳤다.

— 네가 선택한 사람이니 뭐라고는 못 하겠다만 우리 집엔 오지도 않았던 아가씨 아니냐. 말 한 마디 안 해봐서 난 좀 그렇구나.

노리히코의 어머니가 차를 마시며 한숨을 내쉬었다.

— 아무튼 상대를 찾았으면 된 거지.

노리히코의 아버지가 어머니를 위로하고, 그 무릎에 앉은 토모노리가 입을 삐죽거렸다.

— 난 에미 누나가 좋은데!

— 미안, 미안. 솔직히 막판까지 망설였지만, 삼촌은 직감을 믿기로 했어.

노리히코가 토모노리의 머리를 쓰다듬고 있다.

토모노리에게 선물한 터보가 내장 와이파이를 이용해 보내오는 영상과 음성이었다. 인터넷 환경만 있으면 어디서나 모니터링이 가능하다. 전방위 촬영이 가능한 초소형 고감도 카메라가 내장되어 있고 에미의 노트북으로 원격 조종도 가능해 집 안 어느 곳으로나 이동해 촬영할 수 있다.

어젯밤 호텔 방에서 터보를 작동시켜 노리히코가 식구들에게 속마음을 이야기하는 모습을 줄곧 모니터링했다. 그 내용은 에미가 가장 유력하지만, 자택 방문 때에는 안 왔던 가사 도우미 타지마 유키도 궁금하다는 것이었다. 그래서 에미는 이때 이미 그의 선택은 이 둘 중 하나가 확실하다고 예상하고 있었다. 그리고 그가 만약 유키를 선택한다 해도, 이미 터보라는 최강의 툴로 대응 중인 에미에게는 전혀 문제될 게 없었다.

로케는 끝났다. 하지만 에미의 결혼 활동은 아직 끝나지 않았다.

처음 만나 자기소개를 하고, 그룹으로 대화를 나누고, 집을 방문해 부모님과 가족을 만난다… 일반적인 결혼 활동이라면 여기서부터가 핵심이다.

이번에는 과거의 데이터를 모아 패턴을 분석하고 나름대로 예측을 세워 행동했지만 커플이 되지 못했다. 하지만 모든 상황에 대비해 얼터너티브 솔루션(대체 해결책)을 준비해두는 것 또한 이과 여자의 특기라 할 수 있다.

1박2일로 결과를 얻지 못했다면, 계속해서 원격으로 상대의 동향을 파악해 경향과 대책을 수립하면 그만이다.

그리고 과거의 데이터에 의하면, 커플 성사 후에 결혼에 이르지 못하는 경우도 많다. 다시 말해 타지마 유키와 에미의 승부는 이제부터 시작인 것이다.

괜찮아, 반드시 잘될 거야.

오늘 마지막 프리 타임도 터보의 모니터링으로 얻은 정보,

예를 들면 노리히코가 장거리를 걱정한다는 것 등을 기반으로 공략한 결과 상당히 느낌이 좋았다. 같은 방식으로 계속해 나가면 될 뿐이다.

이런 식으로 장기간에 걸쳐 리서치와 분석과 시뮬레이션을 철저히 행한 후, 언젠가 핑계를 만들어 그와 재회한다. 그가 출장 간 곳에 우연을 가장해 나타나도 좋다. 아니, 지금부터 에미도 서핑을 배워서 그가 파도를 타러 가는 해안에서 우연인 척 만나도 좋다. 터보가 있는 한 얼마든지 조정할 수 있고, 가능성은 무한하다.

드디어 2분의 1, 50퍼센트의 높은 확률까지 상승한 것이다. 이렇게 꿀 같은 승부를 눈 뻔히 뜨고 놓칠 수야 없지.

타지마 유키, 짧은 승리의 기쁨을 실컷 누리는 게 좋을 거야. 언젠가 반드시 빼앗아줄 테니까.

줌을 당겨 화면에 가득 찬 노리히코의 미소를 황홀하게 바라보다 에미는 그의 입술에 살며시 자신의 입술을 가져갔다.

Marriage
activity

대 리 결 혼 활 동

4

이벤트 행사장 '길조실'은 50~60대의 부부들로 가득했다.

파티션으로 나뉜 간이 부스가 즐비하고, 테이블을 사이에 두고 의자가 놓여 있다. 마주 앉은 나이 지긋한 부부들은 진지한 표정으로 얼굴을 맞대고서 낮은 목소리로 이야기를 나누고 있었다.

"여보."

아내의 목소리에 정신을 차려보니, 어느새 자신이 서 있는 줄이 앞으로 가서 간격이 벌어져 있었다. 뒤에 선 동년배 부부의 채근하는 눈빛. 마스오는 부랴부랴 아내와 함께 간격을 좁혔다.

다시 행사장 안을 둘러본다. 도쿄 내 특급 호텔의 넓은 홀. 높은 천장에는 세련된 샹들리에가 줄지어 매달려 있다. 이 호텔에서 제일 넓고 화려한 홀로, 주말과 공휴일은 결혼 피로연 예약으로 꽉 차 있고, 평일에는 피로연 장소를 물색하는 예비 부부와 그 부모들이 줄줄이 찾아온다고 한다.

하지만 오늘 이곳에는 결혼 피로연과는 거리가 먼 사람들 만이 모여 있다. 결혼 생각은 눈곱만큼도 없는 아들과 딸을 대신해 그 부모들이 모인 것이다.

바빠서 시간을 못 내는 자식 대신 그 부모가 결혼 활동을 하는 일명 '대리 결혼 활동'. 잡지나 뉴스에 나온 걸 봤을 때, 마스오는 "세상 말세로군" 하며 혀를 찼었다. 마스오는 이른바 단카이 세대(주2)다. 고도 성장기를 거쳐 거품이 한창인 시절에 외아들을 키웠다. 풍요로운 시대라 여자는 결혼하면 가정에 충실해야 한다는 인식이 있어서 아내 이쿠코는 줄곧 전업주부였다. 그녀는 집안일을 하는 시간 외에는 늘 외아들 코이치를 돌보느라 여념이 없었다. 코이치가 고등학생이 되어도 여전히 방을 청소해주고 빨래를 일일이 개주었다.

"그 녀석보고 하라고 해."

마스오가 짐짓 못마땅한 티를 내도 이쿠코는 "아유, 어때요. 내가 어릴 땐 부모님이 너무 신경을 안 써줘서 난 내 자식은 그렇게 서럽게 만들기 싫다고요"라고 부드럽게 반박하고 살뜰하게 아들을 보살폈다. 확실히 자신들이 어릴 때는 아직

전쟁의 상흔이 남아 있던 시대라 부모와 조부모는 모두 먹고 살기 바빴다. 지금처럼 가전제품이 발달하지도 않아서 집안일을 하는 데도 하루가 꼬박 걸렸다. 그래서 마스오 역시 부모의 보살핌을 받은 기억은 거의 없고 주로 형과 누나가 놀아주고 숙제를 봐주었다. 초등학교도 고학년이 되면 혼자 알아서 도시락을 싸고, 체육복에 이름표도 직접 바느질해 붙였다. 그게 당연하던 시대였다. 특히 이쿠코의 경우는 맏딸이었기 때문에 셋이나 되는 여동생들을 돌봐야 해서 부모의 보살핌을 받지 못한 것을 그녀는 지금도 한으로 여겼다. 그 때문인지 이쿠코는 코이치를 돌보는 데서 삶의 보람을 찾고 있었다.

돌이켜보면 당시에는 그런 집이 많았다. 따라서 지금의 중장년 세대는 자식에게 최선을 다하는 것이 애정이라 생각했고, 그것이 현재의 결혼 활동으로까지 이어지게 된 것이다. 한심하게 뭐 하는 짓이야… 마스오는 남의 일로만 생각하고 속으로 혀를 찼었다.

그래서 며칠 전, 외출에서 돌아온 이쿠코가 대리 결혼 활동 이벤트에 신청하고 왔다고 말했을 때에는 놀라기에 앞서 벌컥 화부터 치밀었다.

"당신은 대체 생각이 있는 거야, 없는 거야!"

그렇게 고함을 질렀지만, 이쿠코는 "내 돈으로 신청했어요.

당신이 잔소리할 일이 아니에요"라고 대꾸하고는 태연하게 저녁 준비를 시작했다.

결혼 당시, 스물네 살이었던 아내는 얌전하고 순종적이었다. 그러나 결혼하고 40년이 지난 지금은 완전히 뻔뻔해져서 한 마디도 지지 않는다. 마스오가 정년 후 재고용까지 마치고 퇴직해 집에만 있게 된 뒤로 더 기세등등해진 느낌인데, 그건 집에서 아내 눈치만 살피는 신세가 돼버린 남자의 열등감 때문일까.

'내 돈'이라고 아내가 말하는 이유는 그녀가 도예 교실 보조 강사로 일하며 돈을 벌고 있기 때문이다. 코이치가 사회인이 되어 독립한 후, 아내는 허전함을 달래기 위해 도예를 배우기 시작했다. 원래도 손재주가 좋아 재봉이나 자수처럼 집중적으로 몰두해 하나를 완성하는 작업을 좋아했었다. 처음에는 젓가락 받침이나 찻잔 같은 소품으로 시작해, 15년이 지난 지금은 꽃병이나 화분 같은 것들도 정열적으로 만들고 있다. 여성 강사와도 죽이 잘 맞아, 마스오가 퇴직할 즈음부터 일주일에 세 번 보조 강사로 일하기 시작한 것이다.

아니꼬운 것은 거의 집에만 틀어박혀 있는 마스오와 달리 아내는 활력이 넘친다는 사실이다. 그녀는 심지어 현관의 신발장 위에도 도예 작품을 올려놓았다. 거기는 원래 마스오의 그림을 놓아두었던 자리였다. 수채화는 그가 학창 시절부터 꾸준히 이어온 취미다. 풀과 꽃을 즐겨 그리는 그는 특히 네모필라라고 하는 군집해 피는 푸른색 꽃을 자주 그렸다. 전에 살던 집에서는 액자에 넣어 거실과 복도 벽에 걸어놓았지만, 지금 사는 집을 샀을 때 아내에게 금지당했다.

"이제 임대 주택이 아니니까 벽에 구멍 뚫지 말아요."

마스오의 그림은 무더기로 이사용 박스 안에 담긴 채 창고로 직행했지만, 액자를 세워둘 수 있는 현관 신발장 위에만 아끼는 한 점을 장식해놓고 있었다.

그런데 거기에 아내가 꽃병과 주전자 따위를 올려놓기 시작했다. 당연히 그림이 가린다. 그래서 마스오는 일부러 커다란 그림을 그려 도자기 앞에 세워두었다. 그러자 아내도 지지 않고 대작을 구워 그림 앞에 놓아두었다. 그런 무언의 기싸움을 꽤 오랫동안 이어오고 있었는데, 덧붙이자면 지금 그림은 완전히 뒤로 밀려나 터무니없이 큰 항아리에 가려진 상태다.

마스오는 탁자 위에 아무렇게나 놓인 영수증을 집어 들었다. 이벤트 참가비는 부부당 3만 엔. 이런 푼돈을 가지고 '내 돈'이라고 큰소리를 쳐? 그럼 이 집은 누가 샀는데? 하지만 그런 소리를 했다간 몇 배로 당하게 될 게 뻔하다.

"코이치는 아직 서른다섯이야. 요즘 세상엔 전혀 늦은 나이가 아니니까, 마흔이 되면 그때 가서 생각해도 돼."

　울화통을 간신히 억누르고 마스오는 냉정하게 자신의 생각을 말했다.

　"그러면 늦어요."

　아내는 반찬을 덜면서 단호하게 말했다. 참고로 그 평범하고 보잘것없는 접시도 아내의 작품이다.

　"나이 들수록 조건이 안 좋아지는 건 남자도 마찬가지예요. 지금이라면 아직 20대 아가씨와 결혼할 수 있는 기회가 있어요. 하지만 마흔이 되면 없다고 생각하는 게 좋아요."

　결혼 시장을 훤히 꿰고 있는 듯한 그 말투에 내심 놀랐지만, 사실 별것 아니다. 영수증과 함께 놓여 있던 팸플릿에 똑같은 말이 있었으니까. 아마 설명회 행사장에서 주워들은 모양이지.

　"하지만… 서른도 넘은 아들 대신 배우자감을 찾는다는 게 말이 돼? 그런 건 본인이 알아서 해야지."

　"여태 알아서 하게 두다가 서른다섯이 돼버렸잖아요. 코이치는 숫기가 없고 고지식한 아이예요. 게다가 일이 바빠서 누구를 만날 기회도 없고요. 우리라도 발 벗고 나서야지 그럼 어떡해요. 자식의 결혼 활동에도 부모의 도움이 필요한 시대라고요."

역시나 설명회에서 들었을 법한 말을 아내는 기세등등하게 읊어댔다.

하긴 코이치는 집에 여자친구를 데려온 적이 없다. 이쿠코가 "여자친구는 있니?"라고 물어도 "글쎄요"라고 무뚝뚝하게 대꾸할 뿐이다. 부모의 눈으로 봐도 외모도 평범하고, 특별히 여자들에게 인기가 많은 스타일도 아니다. 직업도 안정적인 직장인이 아니라 자영업이다.

이쿠코의 사랑을 듬뿍 받으며 오냐오냐 자란 코이치지만, 정작 본인은 엄마의 과도한 간섭이 싫은 평범한 소년이었다. 자립심도 강해서 고등학교 때 패스트푸드점에서 아르바이트를 해 혼자 힘으로 오토바이를 샀다. 그 후 오토바이 정비사가 되고 싶다면서 전문학교에 진학해 일찌감치 혼자 나가 살기 시작했고, 지금은 친구 세 명과 함께 오토바이 정비소를 운영하고 있다.

새벽부터 가게에 나가 기름투성이가 되어 한밤중에 집에 들어오는 생활. 하긴 그런 생활 속에서 여자를 만난다는 건 기대하기 힘들다. 동업자 친구들도 다 미혼이라 쉬는 날이면 남자들끼리 오토바이 투어링을 간다고 한다.

"여보."

"왜요?"

식탁에 앉아 젓가락을 들면서 아내가 대답했다.

"그 녀석 설마… 동성을 좋아한다거나 그런 건 아니겠지?"

마스오로서는 큰마음 먹고 한 질문이었다. 그러나 이쿠코는 아무렇지도 않게 "아니에요"라고 잘라 말했다. 그 여유만만한 표정이 또 마음에 안 들어 트집을 잡고 싶어졌다.

"아니긴, 물론 당신은 인정하기 싫겠지. 그러니까 애가 말 안 하고 숨길 수도 있는 거잖아."

"이이가 진짜!" 아내가 이번에는 노골적으로 기가 찬 표정을 지었다. "엄마는 원래 뭐든지 다 알아요."

"아니, 당신 혼자 그렇게 생각하는 걸지도…."

"나 혼자 그렇게 생각하는 게 아니에요. 중학교 때부터 코이치는 침대 밑 옷상자에 야한 잡지를 숨겨놨다고요. 친구들끼리 집에 모여 놀 때에도 성인 비디오를 보면서 낄낄거렸고요."

"…그랬어?"

"코이치는 평범하고 건강한 청년이에요. 하여간 아빠들은 이래서…."

그러고 나서 마스오가 얼마나 가정에 무관심했는지 타박하는 잔소리가 길게 이어졌다. 열정 사원, 기업 전사라는 말에 놀아나 가정을 등한시하고 아버지다운 모습을 보이지 않은 탓에 코이치는 결혼해서 아빠가 되는 일에 환상이 없다, 따라서 코이치가 결혼에 소극적인 것은 다 마스오 때문이라는 결론이 내려졌다. 아내가 그렇게까지 퍼부어대는데 대리 결혼 활동을 끝까지 거부할 수도 없어서 마스오는 오늘 오랜만에 양복을 차려입고 이벤트 행사장에 온 것이다.

그나저나 우리 차례는 언제 오나.

마스오는 앞에 서 있는 부부를 세어보았다. 이제 드디어 두 쌍 남았다. 벌써 한 시간 반이나 기다렸다. 마스오는 한숨을 내쉬고 목에 건 번호표를 내려다보았다. 각 부부에게 주어진 번호로, 마스오 부부는 8번이다. 개인이 특정되지 않도록 행사장에서는 이름이 아닌 번호로 일을 진행하게 되어 있다. 이 부스에서 부모끼리 이야기해보고 뜻이 맞으면 비로소 이름과 연락처를 교환한다. 그때까지 개인 정보는 공개하지 않는 것이다.

번호는 각 미니 부스에도 매겨져 있다. 그러니까 부부마다 부스가 있어 원래 같으면 자신의 부스에서 다른 사람이 오기를 기다리면 된다. 그러나 아내는 안내 데스크에서 받은 참가자 리스트와 간단한 프로필을 쭉 살펴보더니 "13번 아가씨가 괜찮네요"라고 말했다. 마스오도 리스트를 훑어보니 확실히 사진 속의 여성은 청순하고 예뻤다. 스물네 살의 피아노 교사. 과연 모두가 '이상적인 신붓감'으로 생각할 만한 조건이다.

부리나케 13번 부스로 가보니 이미 긴 줄이 늘어서 있었다. 마스오 부부의 마음에 들 만한 아가씨는 다른 부부의 마음에도 드는 법이다.

부모들은 자식의 신상서와 사진을 들고 참을성 있게 기다린다. 넓은 행사장에 즐비한 부스, 늘어선 진지한 얼굴들…. 마스오는 기시감을 느끼고 그게 뭔지 생각하다 간신히 기억을 떠올렸다.

"맞다, 취업 박람회로군."

마스오가 중얼거리는 소리에, 신상서를 최종 체크하고 있던 이쿠코가 고개를 들었다.

"네?"

"아니, 그러니까 취업 박람회 같지 않아? 아아, 당신은 모르려나. 요즘엔 이런 식으로 기업과 구직자를 한자리에 모아놓고 하는 방식도 있어. 인기 기업의 부스에는 딱 이런 식으로 양복을 입은 구직자들이 길게 늘어서지. 신상서 대신 이력서를 들고서 말이야. 이야, 딱 그 느낌이네."

"하여간 당신은…."

"하하하, 취업 박람회만큼 거창하진 않나?"

대 리 결 혼 활 동

"무슨 소리예요! 취직 따위보다 훨씬 중요하죠. 인생이 걸린 일인데."

어이없다는 듯이 고개를 절레절레 젓고서 아내는 앞으로 걸음을 옮겼다. 간신히 순번이 돌아온 것이다.

"잘 부탁드려요. 우리 아들의 사진과 신상서입니다."

의자에 앉기가 무섭게 이쿠코가 A4 사이즈의 서류를 상대에게 건넸다.

"아들은 오토바이 정비소를 운영하고 있어요. 남자들뿐인 업계라 서른다섯이 되도록 여자를 만날 기회가 없었답니다."

일방적으로 이야기하는 아내에게 상대 부부는 미소를 지으며 고개를 끄덕였다. 그 앞에는 프라이버시를 고려해 뒤집어놓은 신상서와 사진 더미가 얼핏 봐도 서른 통은 쌓여 있다. 뒤에 늘어선 긴 줄을 생각하면 최종적으로는 쉰 통은 족히 될 것이다. 코이치는 그중의 한 명에 불과하다. 이미 낙심한 채로 마스오는 아내 옆에 묵묵히 앉아 있었다.

"저희 딸은 피아노 교사고요, 주위에 남자라고는 학생들 아버님뿐이에요."

갈색 머리를 느슨하게 뒤로 묶은 여성이 입을 가리고 호호 웃었다. 이쿠코와 몇 살 차이도 나지 않을 텐데 하얀 피부는 여전히 곱고 생기 넘치는 아름다움이 있다. 그런 아내를 옆에 앉은 은발 남성이 다정하게 바라보며 말을 이었다.

"신랑감을 찾으려고 해도 매일같이 레슨이 있어서 시간이 없지 뭡니까. 저희도 빨리 손주 얼굴이 보고 싶어서 딸 대신 참가했습니다."

나와 달리 이 남자는 적극적으로 대리 결혼 활동에 참가한 모양이구나 하고 마스오는 생각했다.

그리고 서로 자식의 취미와 직업에 대해 이야기를 나누었다. 여기서 교환하는 것은 어디까지나 자식 관련 정보뿐이지만, 자식을 키운 부모를 관찰할 수 있는 귀중한 자리이기도 하다. 13번 부부의 외모와 태도, 말투 등을 종합하면 기품이 있고 느낌이 좋다. 사돈으로 지내기에도 좋을 것 같고, 이 두 사람의 가정 교육을 받은 딸이라면 더 볼 것도 없을 것 같다. 그런 의미에서 부모끼리 먼저 만나는 대리 결혼 활동은 확실히 의의가 있을지도 모른다.

"저어… 실은 딸의 희망 조건이 한 가지 있는데요."

상대의 어머니 쪽이 조심스럽게 말을 꺼냈다.

"결혼 후에도 피아노 교사 일을 계속하고 싶어해요."

"어머나, 그런 건 우리 아들은 전혀 상관 안 할 거예요."

아내가 말하자, 어머니가 다시 망설이듯이 목을 약간 움츠렸다.

"아뇨, 그렇게 되면 신혼집에 피아노를 놓아야 하거든요. 방음 공사 비용은 저희가 부담하겠지만, 아무튼 그랜드피아노 두 대가 들어갈 수 있는 집이 필요해서…. 그 점은 괜찮으신지요."

마스오는 코이치가 혼자 사는 집을 떠올렸다. 미혼이라 그냥 원룸으로도 충분하지만, 집에서도 오토바이를 만지고 싶다면서 교외에 차고가 딸린 오래된 단독 주택을 매입했다. 방은 충분하지만, 공구와 부품이 어지럽게 널린 기름 냄새 나는 집에 그랜드피아노가 어울릴 것 같지는 않다.

"아마 괜찮을 거예요. 우리 아들은 집이 있으니까요."

하지만 아내는 자신 있게 자랑스러운 어조로 말했다. 교외지만 도쿄 도내의 단독 주택이라는 말에, 그렇게 생각해서 그런지 상대 부부의 눈이 반짝인 것처럼 보였다.

이어서 초혼인 것과 자녀가 없는 것을 확인하고 면담은 종료되었다. 인사하고 부스를 나온 아내가 후우, 한숨을 내쉬었다.

"아주 상류층 부부네요. 그 집 남편은 은퇴한 의사 선생님이에요."

"그걸 어떻게 알아?"

"짐 놓는 의자 위에 가죽 바인더가 있었잖아요. 거기에 병원 로고가 있더라고요."

그러고 보니 손때 묻은 오래된 바인더가 있었다. 하지만 마스오는 로고 따위에는 전혀 주의를 기울이지 않았다. 여자의 눈은 대단하군 하고 내심 감탄했다.

"그 부인도 목걸이랑 반지 봤어요? 대체 몇 캐럿인가 몰라. 모피 코트도 근사했고요. 딸도 아주 예쁘고, 그런 사람들하고 인연이 되면 너무 좋을 것 같아요."

마스오 자신은 월급쟁이였지만, 나름대로 대기업 부장까지 지냈다. 그래도 물론 상류층과는 거리가 있다.

"그랜드피아노 두 대에 방음 공사라…. 그런 부잣집 아가씨가 코이치에게 시집올 리가 있나. 마음 접어."

저도 모르게 삐딱한 말이 나와버렸다.

"아무래도 그렇겠죠?"

이쿠코는 유감스러운 표정으로 미소 지었다. 그리고 다시 참가자 리스트를 훑어보더니 "그럼 다음은 26번 부스로 가봅시다"라며 다시 의욕을 불태우면서 목적한 부스로 걸음을 재촉했다.

이벤트에 참가하고 며칠 뒤부터 우편물이 속속 날아들

었다.

뜯어보지 않아도 알 수 있다. 코이치의 사진과 신상서다.

대리 결혼 활동 이벤트를 주최한 회사는 어디까지나 만남의 장소를 제공할 뿐, 이후의 교제에는 일절 관여하지 않는다. 따라서 각자 사진과 신상서를 교환하는데, 그때 자신들의 주소와 이름을 적고 우표를 붙인 반송용 봉투도 함께 상대에게 건네야 한다. 개인 정보니까 가져가서 자식에게 보여줘도 관심을 보이지 않으면 반송하는 게 규칙이다. 다시 말해 반송은 곧 거절이다.

"키타노 리츠코가 누구였더라? 아아, 20번 아가씨구나. 그 아가씨라면 나이도 엇비슷해서 인연이 될 수도 있을 것 같았는데 아깝네."

봉투를 뜯을 때마다 반송자의 이름과 리스트를 비교해보고 아내는 실망감에 어깨를 떨궜다. 그날 방문한 부스는 13번을 포함해 총 열 군데. 벌써 절반 이상이 반송되어 왔다.

아내가 기다리는 건 '작은 봉투'다. 자식이 관심을 보이고 만나봐도 좋다고 말하면, 사전에 배포된 '만남 타진서'를 작성해 상대에게 보낸다. 타진서는 '마음에 든 이유'와 '희망 일시와 장소'를 적는 난이 있을 뿐인 종이 한 장이다. 봉투는 가장 작은 사이즈. 그래서 우편함을 열어 봉투의 크기만 봐도 이미 거절인지 아닌지 알 수 있는 것이다.

이것도 꼭 취업 활동 같군 하고 마스오는 생각했다. 합격 통지는 얇은 봉투, 이력서 반송을 겸한 불합격 통지는 두꺼운 봉투. 그래서 열어보지 않아도 금방 알 수 있다고 취업 준비생이 쓴웃음을 지으며 말한 적이 있다. 선택받느냐, 못 받느냐… 인생이란 그것의 반복인가. 마스오는 멍하니 생각했다.

본가에 거의 오지 않는 코이치지만, 오늘 저녁엔 꼭 오라고 이쿠코가 단단히 일러놓았다. 아직 거절당하지 않은 나머지 아가씨들의 사진과 신상서를 보여주고, 만나고 싶은 아가씨를 고르게 하기 위해서였다.

대리 결혼 활동 이벤트에 갔다 왔다고 이쿠코가 말해도 코이치는 전혀 관심을 보이지 않았다고 한다.

"심지어 뭐라는 줄 알아요? 우리 보고 참 한가하대요. 걔가 어쩌다 그렇게 무뚝뚝한 애가 돼버렸을까요."

당신이 하도 싸고도니까 그 녀석도 넌더리가 난 모양이지, 이렇게 말하려다 관두었다. 이쿠코의 하소연은 한참을 더 이어지다 결국엔 "그런 면은 꼭 제 아빠를 닮았다니까. 당신도 옛날부터…"라고 화살이 마스오에게로 향한다. 쯧쯧, 이런 게 결혼 생활이라면 코이치가 관심을 안 보이는 것도 이해가 안 가는 건 아니군.

"이만큼 했으면 됐지. 우리는 이벤트에도 갔고 부모로서 할 만큼 했어. 이제 가만히 지켜보기나…."

"무슨 소리예요!"

아내의 눈초리가 사납게 치켜 올라갔다. 아차 싶었으나 때는 이미 늦었다.

"당신이 그렇게 무심하니까 이렇게 된 거잖아요. 그 애가 결혼 생각을 안 하는 것도 다 당신 때문이에요. 아버지라면 모름지기…."

음식을 하고 있던 아내가 몸을 돌려 한 손을 허리에 대고 식칼을 든 손을 위아래로 휘저으며 다다다 쏘아붙인다.

"아, 집배원이 온 모양이군, 타진서가 왔는지 보고 올게."

자동차 소리를 핑계 삼아 마스오는 허둥지둥 현관문을 나섰다.

우편함을 들여다보니 큰 봉투가 몇 통 들어 있었다. 불난 데 기름 붓는 격인 것 같아 마스오는 그대로 담배를 사러 가기로 했다.

편의점에서 담배를 사 들고 강변을 하릴없이 걷고 있을 때, 뒤에서 "이시다 씨 아니신가요?"라며 누가 말을 걸었다. 돌아보니 13번 부스의 어머니가 서 있었다.

"아아, 누구신가 했더니… 으음, 요시무라 씨였군요."

"네, 요시무라 요우코의 엄마 히사에입니다. 지난번에는 신세가 많았어요."

"아뇨, 저희야말로…."

"마침 잘 만났어요. 댁으로 찾아가던 길이었거든요."

"저희 집에… 요?"

으음? 하고 고개를 갸웃하자, 히사에는 가방에서 흰 봉투를 꺼냈다.

"이걸 보내려다가 마침 근처에 볼일이 있어서 산책 겸 전해드리러 왔어요."

"일부러요? 괜히 수고스럽게 해드렸군요."

받아 들면서 봉투 사이즈가 작은 것을 깨달았다. 혹시….

"원래 같으면 이렇게까지 안 하지만, 저희 딸이 코이치 군을 아주 마음에 들어 해서요. 꼭 한 번 만나고 싶다고 해서 인사 겸 왔어요."

마스오는 깜짝 놀랐다. 이쿠코가 제일 마음에 들어 했던, 심지어 진작 포기하고 있었던 아가씨의 만남 제의였다.

"영광입니다. 집사람이 너무 좋아서 울겠는데요."

과장이 아니라 속속 반송되어 오는 봉투를 보고 속상해하던 아내의 우울함도 이것으로 싹 날아갈 것이다.

대 리 결 혼 활 동

"정말이세요? 기쁘네요. 그럼 코이치 군 본인은…."

"죄송합니다. 하도 바쁘다고 해서 아직 못 보여줬습니다."

"그러셨군요."

히사에는 실망한 기색으로 어깨를 떨궜다. 마스오는 얼른 덧붙였다.

"오늘 저녁에 집에 오기로 했으니까 그때 이야기할 생각입니다."

"어머, 잘됐네요. 우리 딸이 코이치 군 마음에 들었으면 좋겠어요."

"마음에 안 들 리가 있겠습니까."

빈말이 아니라 진심이었다. 그 사진을 보고 거절할 남자는 없다.

"그나저나 여기는 자연도 풍부하고 참 좋은 곳이네요."

히사에가 주위를 둘러보았다. 마침 석양에 거리가 오렌지 빛으로 물들고 강물은 황금색으로 반짝였다. 황홀하게 바라보는 히사에의 옆모습에 마스오는 가슴이 뛰었다.

아름다운 여성이라고는 생각했지만 다시금 그 미모에 눈길이 사로잡힌다.

오뚝한 콧날에 꽃잎 같은 입술, 긴 속눈썹이 눈가에 요염한 그림자를 드리우고 있다. 옷깃 사이로 보이는 희고 가냘픈 목덜미가 황금색으로 반짝이고, 귀밑머리가 바람에 흔들릴 때마다 뭐라 형언하기 힘든 색향이 감돌았다.

이런 여자를 그려보고 싶다….

지금까지 마스오가 그린 것은 오직 식물뿐, 인물에 끌린 적은 없다. 그러나 히사에를 보자 이 아름다움을 그림으로 표현해보고 싶은 창작 욕구가 샘솟았다.

넋을 잃고 바라보고 있을 때, 갑자기 히사에가 이쪽을 보았다. 마스오는 얼른 시선을 돌렸다.

"그럼 실례하겠습니다. 사모님께도 말씀 잘 전해주세요."

겨울의 석양빛 속으로 사라져가는 히사에의 뒷모습을 마스오는 언제까지나 바라보고 있었다.

집에 돌아오니 코이치가 와 있었다. 벌써 식탁에 앉아 이쿠코가 차려놓은 음식을 먹고 있다. 마스오를 본 코이치가 "아버지, 다녀오셨어요"라며 맥주잔을 들어 보였다.

"나도 한잔할까."

마스오가 그릇장에서 자신의 잔을 꺼내자, 밥을 푸고 있던 이쿠코가 "어머, 웬일이에요?"라고 물었다. 마스오는 술을 별로 즐기지 않는다. 직장에 다닐 때에는 사회생활을 위해 마셨지만, 집에서 반주를 하는 일은 전혀 없었다.

"응? 좋은 일이 있어서."

그는 코이치가 따라준 맥주를 한 모금 마시고 가슴 주머니에서 흰 봉투를 꺼냈다.

"좋은 일?"

이쿠코가 의아한 얼굴로 흰 봉투를 받아 열어보았다.

"세상에! 그 아가씨가 코이치를요?"

예상대로 이쿠코는 손뼉을 치며 뛸 듯이 기뻐했다. 코이치는 무슨 일인지 몰라 어리둥절한 얼굴로 이쿠코와 마스오를 번갈아 쳐다보았다.

"이벤트에서 제일 인기 많았던 아가씨가 너를 만나보고 싶대."

이쿠코가 요우코의 사진과 신상서를 코이치에게 보여주었다.

"아, 이거요."

코이치는 사진을 보고 나서 신상서를 팔락팔락 넘겼다.

코이치가 신상서를 훑어보는 동안, 마스오는 어디서 만나면 좋을지 생각하고 있었다. 격식 있는 가게는 젊은 애들이 불편해할 것이다. 그렇다고 지나치게 캐주얼한 것도 상대에게 실례다. 그렇다면 자신이 자주 가는 화랑 레스토랑은 어떨까. 맛은 물론이고, 좋은 그림이 벽에 많이 걸려 있는 곳이다.

자신이 좋아하는 공간에 히사에를 데려가고 싶었다.

"어떠니? 아가씨가 정말 괜찮지?"

"예쁘긴 하네. 그래서 언제 만나면 돼?"

"어디 보자." 이쿠코가 타진서에 기재된 희망 일시를 확인했다. "다음 주나 다다음 주 주말이라고 적혀 있네."

"주말엔 가게 일손이 부족한데."

"그럼 쉬는 날이 언제니? 그쪽에 한 번 물어볼게."

"음, 부품을 매입하러 공장에 가야 돼서."

코이치는 일정을 확인하려고도 하지 않고 심드렁하게 반찬을 뒤적이고 있다.

"처음 만날 때만이라도 여자 쪽 일정에 맞춰줄 생각을 해야지! 그러고도 네가 남자냐."

오랜만에 말투가 엄해졌다. 사회인이 된 뒤로는 아들에게 화내는 일은 거의 없었다. 그래서인지 코이치는 조금 놀라더니 "하지만…" 하고 말꼬리를 흐렸다.

"네 엄마와 내가 귀중한 시간을 내서 찾아온 아가씨다. 너도 벌써 서른다섯이니 장래에 대해서도 진지하게 생각해야지."

아버지의 꾸지람에 코이치는 수첩을 펼쳐 일정을 확인하더니 여기저기 전화를 걸기 시작했다.

대 리 결 혼 활 동

"다음 주 토요일에 알바생이 오기로 했어요."

코이치의 말에 마스오는 만족스럽게 고개를 끄덕였다.

"오냐, 시간과 장소가 정해지면 당장 알려주마."

코이치가 식사를 마치고 집으로 돌아가자, 이쿠코가 "여보, 당신도 할 때에는 하네요. 다시 봤어요"라며 신이 나서 마스오에게 맥주를 따라주었다.

"아버지라면 역시 그 정도는 따끔하게 말해줘야죠."

"응? 그렇지."

마스오는 기분 좋게 맥주를 들이켰다.

알딸딸한 기분으로 자기 방으로 돌아온 마스오는 연필과 스케치북을 꺼낸 후, 기억을 더듬어 강가에 선 히사에의 모습을 그려나갔다.

촉촉한 눈동자, 희미한 미소가 감도는 입술, 희고 매끄러운 목덜미.

옆얼굴, 정면, 상반신, 전신. 다양한 구도로 여러 장을 그렸다.

다음 주면 히사에를 다시 만날 수 있는 것이다.

그렇게 생각하자 가슴이 뛰었다.

무슨 이야기를 할까. 식사는 뭘 좋아할까. 오랜만에, 양복점에서 맞춘 양복을 입고 갈까?

그런 생각을 하는 자신을 깨닫고 마스오는 문득 손놀림을 멈췄다. 뭐지, 이 달콤하게 들뜨는 기분은.

혹시 히사에에게 느낀 이 기분은 그림을 그리고 싶은 욕구가 아니라 연정이었던가….

그는 스케치북에서 고개를 들고 잠시 망연자실했다.

슬슬 고희가 다 돼가는 자신에게 아직도 이런 감정이 남아 있었다니. 앞으로 그저 쓸쓸하게 늙어갈 뿐이라고 생각했던 인생에 뜻하지 않은 빛이 비친 기분이었다.

어쩐지 기쁘고 간질간질했다. 그 희미한 감정을 손에 집중시켜 마스오는 다시 연필을 움직이기 시작했다.

첫 만남은 점심식사 모임이 되었다.

"멋진 곳이네요. 이런 레스토랑이 있는 줄 몰랐어요."

화랑 레스토랑에 들어서자, 히사에가 신기한 듯이 사방을 둘러보았다. 아끼는 공간을 히사에가 칭찬해줘서 마스오는 기분이 우쭐해졌다.

안쪽의 테이블 자리에 양가 여섯 명이 둘러앉았다. 양친 사이에 앉은 요우코와, 마스오와 이쿠코 사이에 앉은 코이치가 마주 보는 모양새다.

실제로 만나본 요우코는 청순하고 예뻤다. 평소엔 말이 없는 코이치지만, 일과 취미 등에 대해 드물게 본인이 적극적으로 이야기하고 있었다. 요우코도 해외여행과 좋아하는 피아니스트에 대해 이야기하는 등, 대화는 활기를 띠는 것 같았다. 하지만 첫 만남이라 때때로 대화가 끊기더니 급기야 침묵이 흘렀다. 풀코스라 디저트까지는 아직 대화를 이어가야 한다. 어떡할까 생각하고 있을 때 테이블 근처의 벽에 걸린 그림이 마스오의 눈에 들어왔다.

그림은 정기적으로 바뀌기 때문에 그 그림은 마스오도 처음 보는 것이었다. 한 변이 2미터는 족히 되는 커다란 캔버스 전체가 파랗게 칠해져 있고 군데군데 하얀 점이 있을 뿐이다. 제목을 확인해보니 '자아'라고 되어 있었다. 오, 이건 좋은 화젯거리가 되겠군.

"저 그림이 뭐라고 생각하십니까?"

침묵을 깬 마스오에게 다섯 사람의 눈길이 일제히 쏠렸다.

"어머, 저게 벽이 아니라 그림인가요? 정말 크네요."

요우코가 놀란 듯이 말했다.

"아마 바다일 것 같아요."

히사에가 자신 있게 말했다.

"아니, 아니, 하늘이겠지. 저봐, 구름이 있잖아."

히사에의 남편 준지가 하얀 부분을 가리켰다.

"실은 저건 '자아'입니다."

"'자아'? 저게요?" 세 사람의 목소리가 합쳐졌다.

"내면의 감정을 색채로 표현한 거죠. 아마 저 그림은 추상 표현주의의 영향을 받았을 겁니다."

마스오의 말에 모두가 어리둥절한 표정이었다.

"옛날에 뉴욕에서 활발하게 일어났던 미술 운동입니다. 이 젤에 올려놓을 수 있는 사이즈가 아니라 대형 캔버스를 사용하는 것도 한 특징이죠. 그리고….'"

"어머, 뉴욕 하니까 생각났는데요."

히사에의 얼굴이 갑자기 밝아졌다.

"최근에 다녀왔답니다. 5번가에 새 부티크가 생겨서 깜짝 놀랐어요. 그렇지?"

"응, 퍼스트 클래스는 짐을 많이 부칠 수 있어서 그걸 믿고 너무 많이 산 것 같아."

"록펠러 센터는 올해도 크리스마스트리가 예쁘겠지."

요시무라 가족이 즐겁게 이야기하기 시작했다.

다행이다. 그림이 화제의 연결 고리가 되었다.

뉴욕 이야기가 나오자 이시다 가족은 쫓아가지 못하고 그저 듣기만 하고 있다. 하지만 마스오는 히사에의 목소리에 귀를 기울이는 게 그저 기뻤다.

히사에의 표정과 몸짓을 언제까지나 바라보고 싶었다.

점심식사 후, 요시무라 가족과 헤어졌다. 실은 카페에서 커피라도 마시고 싶었지만, 코이치가 가게로 돌아가야 해서 파장이 된 것이다.

"이야, 정말 좋은 가족이었어."

마스오는 기분 좋게 집으로 돌아왔다.

"코이치도 마음에 든 것 같아요. 말도 많이 했잖아요."

주전자로 차를 따르면서 이쿠코도 기쁜 얼굴이었다.

"나란히 있으니까 의외로 잘 어울리더라고요. 좋은 인연이에요."

"응, 아주 이상적이야."

차를 홀짝이면서도 자꾸만 입이 벌어진다. 오늘은 정말로 즐거웠다. 코이치와 요우코가 결혼해준다면 이런 식으로 종종 히사에를 만날 수 있다.

"아, 인사 전화를 하는 게 낫겠지?"

마스오의 말에 이쿠코는 고개를 끄덕였다.

"나도 생각은 했어요. 이런 건 역시 며느리를 들이는 쪽에서 하는 게 맞죠."

"어, 그럼 내가 할게."

"부탁해요. 당신이 코이치의 결혼 활동에 적극적이 되어줘서 정말 다행이에요."

마스오는 복도로 나와 자신의 휴대전화로 히사에의 휴대전화 번호를 찍었다. 신호음이 가는 동안 심장 박동이 점점 빨라졌다.

— 여보세요.

목소리만 들어도 가슴이 설렜다. 이런 기분이 대체 몇 십 년 만인가.

"이시다입니다. 오늘은 정말 감사했습니다."

— 저야말로 굉장히 즐거웠어요. 코이치 군도 아주 좋은 청년이라 요우코가 만나보고 더 마음에 든 것 같아요. 이시다 씨의 그림 이야기도 재미있었고요.

"감사합니다."

마스오가 그림 이야기를 하면 아내는 또 시작이라는 듯이 넌더리난다는 얼굴을 한다. 히사에의 칭찬에 마스오는 기분이 몹시 좋아졌다.

— 예술에 조예가 깊으신가 봐요.

"천만의 말씀입니다. 제가 그리다 보니 그저 다른 사람의 그림도 한번 해석해보고 싶어진 것뿐이지요. 지식이라고 부를 만한 게 못 됩니다."

— 어머나, 그림을 그리세요?

"부끄럽지만 조금 그립니다. 실력은 형편없지만요."

— 그림 그리는 남편이라니 사모님께서 무척 자랑스러우시겠어요. 고상한 취미시네요.

마스오는 창고에 방치된 자신의 수채화를 떠올렸다. 히사에 같은 여성과 결혼했다면 합당한 평가를 받고 집 안에 자리 잡았을지도 모른다.

— 꼭 한 번 보고 싶어요.

"네?"

두근, 심장이 뛰었다.

— 그림에 대해선 문외한이지만, 언젠가 이시다 씨의 작품을 보여주세요.

어이없게도 눈물이 날 것 같았다. 자신의 그림에 관심을 가져주는 사람이 있다. 정년퇴직한 자신이 지금 가장 정열을 기울이는 것… 거기에 공감해준 히사에의 말에 마스오는 감격했다.

전화를 끊고도 여운은 사라지지 않았다. 시선 끝에 히사에의 환영이 떠오른다. 그 환영이 부드럽게 마스오에게 미소를 지어주었다.

하루빨리 이 혼담을 매듭짓자.

마스오는 들뜬 기분으로 '앞으로의 계획을 의논하자'고 코이치에게 메시지를 보냈다.

다음 날 저녁, 연락도 없이 코이치가 집에 왔다. 오토바이 관련 시장 조사를 가다가 들렀다고 한다.

"어? 엄마는요?"

가죽 장갑을 벗으면서 코이치가 텅 빈 부엌을 쳐다보았다.

"도예 수업이 있는 날이야. 네가 올 줄 모르고 갔지."

마스오가 코타츠(주3) 자리를 권하자, 코이치는 작업복 차림 그대로 마주 앉았다.

"엄마한테도 얘기하고 싶었지만 할 수 없죠. 아버지, 요우코 씨와의 혼담은 거절해주세요."

귤을 까고 있던 마스오는 깜짝 놀라 고개를 들었다. 예상 밖이었다.

"하지만… 그렇게 즐겁게 이야기하더니…."

"당연하죠. 예의잖아요. 하지만 저하고는 안 맞는 것 같아요. 전 그렇게 얌전한 여자보다는 활발한 여자가 좋아요. 같이 오토바이 얘기도 하고 투어링도 갈 수 있는 사람이요."

"투어링은 여자에겐 위험해."

"안 그래요. 여성 라이더도 많아요. 예전에 결혼을 생각했던 여친도 그랬고요."

"…그랬어?"

코이치에게 그런 여자가 있었다는 사실에 마스오는 조금
놀랐다.

"투어링 갔다가 만난 여친이라 장거리 연애를 하다 결국
깨졌지만요. 아무튼 저는 피아노나 클래식 음악은 관심 없고
요, 요우코 씨하고는 안 맞는 것 같아요. 자영업이라 가게 일
도 도와줬으면 좋겠는데 요우코 씨에겐 무리잖아요."

"그렇게 급하게 결론 내지 말고 몇 번만 더 만나보고…."

"아뇨, 그쪽도 아마 같은 생각일 거예요. 요우코 씨와 그 부
모님도 제가 마음에 안 드는 것 같았으니까요."

"무슨 소리야. 세 사람 모두 너를 아주 마음에 들어하던데."

"그래요?" 코이치는 의외라는 표정이었다. "그렇게 안 보
이던데."

"어째서?"

"요우코 씨가 제 손을 보고 싶다는 표정을 지었거든요."

"놀라서 그랬겠지."

"그런가? 굉장히 차가운 눈빛이었는데. 아닌 척해도 그런
건 다 티가 나잖아요."

코이치가 코타츠 위에 놓인 바구니에서 귤을 꺼내 껍질을

벗기기 시작했다. 마디 굵은 손가락과 손톱 밑에 기름이 배어 까맣다. 누가 봐도 노동자의 손이다.

"그 부모님도 붙임성은 있지만 눈에 전혀 웃음기가 없었고요. 아버지가 어색한 분위기를 무마하려고 그림 이야기를 꺼냈을 때에도 갑자기 말을 자르고 자기 자랑만 했잖아요. 가족 모두가 롤렉스 시계를 찬 것도 과시하는 것 같고, 게다가 음식을 남겼잖아요. 그런 가족은 별로 마음에 안 들어요."

그들의 대화와 행동을 그렇게까지 악의적으로 해석하는 코이치를 보고 마스오는 기가 막혔다. 코이치는 어떻게든 트집을 잡아 결혼하기 싫은 것뿐이다.

"반대로 아버지는 그 사람들의 어디가 그렇게 마음에 드셨어요?"

"그야… 흠잡을 데 없는 아가씨가 아니냐. 부모도 다 훌륭하고."

"아버지답지 않네요."

"…뭐?"

"평소엔 그런 잘난 척하는 사람들을 천박하다고 비판하셨잖아요."

"하지만 결혼 상대는 부자일수록 좋지."

마스오는 헛기침을 했다. 사실 코이치에게는 나중에 부자가 돼도 절대로 부를 과시하는 천박한 짓은 하지 말라고 가르쳐왔었다.

"요시무라 가족은 훌륭한 사람들이야. 그런 사람들과 사돈이 되면 얼마나 좋으냐."

옛날 사람답게 완고한 아버지는 어디로 가고 평소의 신조를 손바닥 뒤집듯 해버린 마스오를 코이치는 당황스럽다는 얼굴로 응시했다.

"너야말로 그렇게 부정적인 시선으로 상대를 비판하면 못써. 그리고 그분들은 내 그림 해설에 감탄했다고 전화로 일부러 인사까지 하더라. 교양 있고 좋은 사람들이야."

"음, 그런가? 그럼 그 부모에 관해서는 제 생각이 틀렸을 수도 있겠네요."

"그 사람들도 아마 긴장했겠지. 사람을 겉만 보고 판단하면 못써."

"알았어요. 제가 잘못했어요."

코이치는 순순히 사과했다.

"아마 정말로 좋은 사람들이겠죠. 아버지가 그렇게까지 역성을 드는 것도 드문 일이니까요."

코이치는 별 뜻 없이 말했겠지만, 마스오는 속내를 들킨 것 같아 내심 뜨끔했다. 코이치는 귤을 다 먹고서 자리에서 일어나 쓰레기를 버렸다.

"애써주신 건 감사해요. 기대에 응하지 못해 죄송하지만 그래도 역시 거절해주세요. 엄마에게는 잘 말씀해주세요. 그럼 갈게요."

그 말을 남기고 코이치는 다시 일하러 가버렸다.

마스오는 망연자실했다.

코이치와 요우코는 당연히 사귈 거라고 믿어 의심치 않았다. 결과적으로 결혼에 이르지 못할 순 있어도 그렇게 예쁜 아가씨니까 몇 번 더 만나는 건 당연하다고 생각했었다.

하지만 뜻밖에도 코이치는 관심을 보이지 않았다. 요컨대 마스오는 두 번 다시 히사에를 만날 수 없다….

마스오는 실망에 빠져 남은 귤을 입에 욱여넣었다. 귤이 유난히 시게 느껴졌다. 얼굴을 찡그리면서 귤을 다 먹어치운 후 휴대전화를 꺼냈다. 마음은 무겁지만 불편한 일은 빨리 해치우는 게 상책이다. 이쿠코에게 이야기하고 난 뒤에 할까도 생각했지만, 아내가 펄펄 뛸 것은 자명한 일이다. 그냥 지금 전화를 해버리자.

어젯밤의 발신 기록을 찾아 전화를 건다. 이내 명랑한 목소리가 전화를 받았다. 마스오가 이름을 말하자, "어머, 마침 잘

거셨어요"라고 반색하는 목소리가 들려왔다.

— 지금 요우코와 다음 데이트 장소를 의논하고 있었어요.

"아, 실은…" 마스오는 눈 딱 감고 말을 꺼냈다. "감사하지만 코이치는…"

— 요코하마의 잉글리시 가든에서 유명한 가스펠 가수의 미니 라이브가 있대요. 요우코가 거기에 가보고 싶다고 하네요.

잉글리시 가든에 가스펠이라. 확실히 코이치와는 안 맞을지도 모른다.

"그게 말입니다, 이번 이야기는…"

— 모처럼이라 저희도 같이 갈까 하는데, 이시다 씨도 사모님과 같이 어떠세요?

"같이요?" 생각지도 못한 제안에 마스오는 저도 모르게 "그래도 됩니까?"라고 되물었다.

— 물론이죠. 더블데이트, 아니, 트리플 데이트가 되겠네요.

히사에가 소녀처럼 까르르 웃었다. 트리플 데이트. 당연히 자신은 이쿠코와 커플이지만, 머릿속으로는 어째서인지 자신 옆에 히사에의 모습이 있었다.

"그럼 다 같이 가기로 하지요."

앞뒤 생각 없이 순간적으로 그렇게 말이 나오고 말았다.

"그럼 코이치에게 일정을 확인한 후에… 예, 그럼 끊겠습니다."

그때 현관문이 열리는 소리가 났다. 전화를 끊자마자 이쿠코가 거실로 들어왔다.

"어머, 방금 요시무라 씨예요? 다음 약속을 잡은 걸 보면 코이치도 요우코 양에게 마음이 있나 보네. 하긴 당연하지만요."

"응, 코이치가 약속을 잡아달라고 해서." 거짓말이 입에서 술술 나왔다. "단지 당신이 자꾸 닦달해대는 게 싫다니까 코이치하고는 앞으로 내가 얘기할게. 알았지?"

"네, 네. 이제부터는 남자들끼리 알아서 하겠다 이건가요? 그래요, 엄마는 물러나드리지요."

어지간히 기쁜 모양인지 이쿠코가 드물게 농담까지 한다. 코이치의 속마음을 알면 이쿠코도 큰 충격을 받을 것이다.

스스로도 어리석은 짓이라고 생각한다. 하지만 난생처음 사랑에 빠진 중학생처럼 무슨 수를 써서라도 히사에가 보고 싶었다.

억지로라도 코이치를 데려가자. 도저히 안 될 것 같으면 갑자기 급한 일이 생겼다고 하면 그만이다.

두 번째 약속 날. 약속 장소인 잉글리시 가든 매표소에 코이치는 끝내 오지 않았다. 몇 번이나 설득했지만 결국 거절당하고 만 것이다.

"죄송합니다. 급한 일이 생겨서요. 그 녀석도 요우코 양을 만날 날만을 기대하고 있었는데…."

마스오의 사과를 의심하는 사람은 없었다. 요시무라 가족은 모두 서운한 기색이었고, 이쿠코는 "대체 그 녀석은!"이라며 분개했다.

"진정해. 중요한 거래처에서 부르는데 어쩌겠어."

이쿠코를 달래보았지만, 그녀는 "역시 당신에게 맡기는 게 아니었어요"라며 화를 가라앉히지 못했다.

예정대로 다섯 명이 입장했다. 노골적으로 실망하는 요우코를 보자 양심의 가책이 밀려왔다.

요우코에게는 미안하지만, 이렇게 예쁜 아가씨라면 코이치와 깨져도 만나자는 남자는 얼마든지 있을 것이다. 오늘 하루만 여생이 얼마 안 남은 노인을 위해 봉사해주는 걸로 생각하자. 마지막으로 이렇게 히사에와 여유로운 시간을 보낼 수 있다면 그걸로 충분하다.

미니 라이브를 본 뒤에 광대한 정원을 산책했다. 마스오의 눈은 자꾸만 히사에를 좇고 만다. 크리스마스 로즈를 감상하는 히사에. 어여쁜 카틀레야를 보고 기뻐하는 히사에, 무리지어 핀 비올라 꽃에 감동하는 히사에….

아마 죽을 때까지 이런 감정을 품는 일은 다시는 없을 것이다. 이 추억을 보물 삼아 여생을 살아가자.

아아, 정말로 코이치가 요우코 양과 결혼해준다면 더 바랄 게 없겠는데….

즐거운 시간은 눈 깜짝할 사이에 지나가고 헤어질 시간이 되었다. 요시무라 가족은 JR선, 마스오 부부는 지하철이라 JR역 개찰구에서 작별 인사를 했다.

"오늘은 정말 감사했습니다. 굉장히 즐거웠습니다."

역에서 헤어질 때 요우코가 말했다.

"모처럼 시간을 내줬는데 코이치가 못 와서 미안해요."

진심에서 우러난 사과였다. 오늘 집에 돌아가면 마스오는 거절 전화를 해야 한다.

"저어… 코이치 씨에게 직접 연락해보고 싶은데요, 연락처를 좀 받을 수 있을까요?"

요우코가 머뭇거리며 말했다. 지극히 당연한 요구다. 원래 같으면 첫 만남 후에 서로 긍정적인 의사를 확인하면 부모의 대리 활동은 성공적으로 끝난다. 그리고 오늘의 만남이 앞으로 두 사람 사이를 더욱 진전시키는 중요한 날이 되었을 것이다.

"물론이죠. 잠깐만요."

이쿠코가 휴대전화를 조작해 연락처 목록을 열었다. 늘 통화 기록에 의지하기 때문에, 코이치의 전화번호와 메일 주소를 정확히 외우지 못하는 것이다.

"내가 적을게. 외우고 있으니까."

마스오는 가슴 주머니에서 수첩과 볼펜을 꺼내 메일 주소만 적었다. 코이치가 아니라 자신의 메일 주소다. 전화번호는 히사에가 알기 때문에 똑같다는 게 들통이 나지만, 메일 주소는 아직 교환하지 않았다. 일단 거절할 때까지만 시간을 벌면 되는 것이다. 마스오는 메일 주소를 적은 페이지를 찢어 잘 접어서 요우코에게 건네주었다.

"감사합니다."

요우코는 기쁜 표정으로 종이를 받아 들고, 부모와 함께 손을 흔들며 개찰구 안으로 들어갔다.

…안녕히, 히사에 씨.

멀어져가는 히사에를 향해 마스오는 마음속으로 중얼거렸다.

"내가 못살아! 코이치도 오늘만 일을 좀 빼보지, 그게 그렇게 안 된대요?"

지하철을 타러 가면서도 이쿠코는 화를 삭이지 못했다. 아마 종일 곱씹고 있었을 것이다.

"여보, 코이치에게 절대 뭐라고 하지 마. 남자는 그런 걸 제일 싫어하니까."

미리 엄포를 놔둔다. 코이치와 말이 안 맞으면 언젠가 들통날지도 모르지만, 만남 직후에는 피하고 싶었다.

"나도 알아요."

볼멘소리를 하고 이쿠코가 먼저 개찰구를 통과했다. 그 뒤를 따라가며, 가망 없는 기대를 하게 만들어서 미안하다고 마스오는 마음속으로 사과했다.

자, 이제 언제쯤 거절 전화를 해야 하나. 가능한 한 빠를수록 좋다. 그들이 열차에서 내릴 때쯤을 가늠해서….

궁리하는 동안 마스오의 휴대전화가 진동했다. 메시지였다. 벌써 요우코가 보내온 것이다.

'조금 전 아버님께 메일 주소를 받았습니다. 집에 가는 전철 안에서 메시지를 드려요. 오늘은 못 만나서 서운했어요. 하지만 일 때문이니까 어쩔 수 없죠. 그토록 몰두할 수 있는 일이 있다는 건 참 멋지다고 생각해요.'

성격 좋은 아가씨로군 하고 마스오는 새삼 감탄했다.

'다음에 언제 만날 수 있을까요? 오늘 못 오신 대신 재미

있는 곳에 데려가주세요(웃음). 영화관이나 유원지는 어떤가요? 답장 기다릴게요. 요우코'

영화관에 유원지라니 좋을 때다 하고 지금의 상황도 잊고서 잠시 흐뭇해하다가, 참, 그게 아니지 하고 마스오는 황급히 고개를 저었다. 이렇게 바로 연락이 올 줄은 생각 못 했기 때문에 지금은 그냥 무시할 수밖에 없다. 어차피 코이치는 일 때문에 못 온 걸로 되어 있으니까.

집으로 돌아와 슬슬 전화를 하려고 할 때, 다시 메시지가 왔다.

'답장이 없어서 제가 무리한 요구를 했나 하고 반성하고 있어요. 혹시 쉬는 날 놀러 가기가 부담스러우시면 제가 케이크라도 구울 테니 놀러 오지 않으실래요? 요우코.'

놀러 오지 않으실래요, 라는 초대 문구에 눈길이 박혔다. 요우코는 부모와 함께 살고 있다. 그렇다면 히사에가 사는 집이라는 뜻이다.

'오늘은 갑작스러운 일이 생겨 실례가 많았습니다. 댁에는 꼭 가보고 싶습니다. 다만, 염치없는 부탁이지만 부모님과 함께 방문 드려도 될까요. 코이치.'

내가 무슨 짓을 하는 거지, 이 바보야, 멈춰…! 자신의 이성이 경고했지만, 사랑에 들뜬 또 하나의 자신은 재빨리 메시지를 작성해 보내버렸다.

한 번만. 딱 한 번만 더. 그다음엔 진짜로 꼭 거절하자.

마지막으로 만나서 이야기만 하자. 단지 그뿐이야. 다른 건 아무것도 원하지 않아. 원할 수도 없어. 완벽하게 플라토닉한 사랑이야. 내가 앞으로 몇 년이나 살 수 있을까? 마지막으로 한 번만 더 만나고 싶어하는 정도는 용납되지 않을까.

잠시 후 답장이 왔다.

'아버님, 어머님과 함께 꼭 와주세요. 기다리겠습니다.'

마스오의 얼굴에 미소가 번졌다.

툇마루 밖으로 시선을 던지자 평범한 마당도 잉글리시 가든으로 보였다. 흐드러지게 핀 꽃 속에 또다시 히사에의 모습이 떠올랐다. 그 향기롭고 아름다운 환영에 마스오는 한동안 넋을 잃고 빠져들었다.

요시무라 가족의 집을 방문하는 날이 사흘 뒤로 정해졌다. 문제는 이쿠코였다.

"이번만큼은 일이고 뭐고 절대 받지 말라고 단단히 일러둬야겠어요."

그러면서 코이치에게 전화하려고 하는 것을 "당일에 내가 코이치네 들러서 꼭 데려갈게"라고 간신히 뜯어말렸다. 코이치 쪽에서도 이쿠코에게 연락하지 못하게 '대리 결혼 활동을 다시 시작했다'고 으름장을 놔두었다.

그리고 맞이한 당일.

선물을 사러 백화점에 다녀온 이쿠코를 요시무라 가족의 집과 가장 가까운 역에서 만났다. 마스오가 혼자인 것을 본 이쿠코의 안색이 변했다.

"코이치는요? 데리러 안 갔어요?"

"조금 늦는대. 도저히 뺄 수 없는 급한 일이 있다네."

이쿠코의 관자놀이가 꿈틀거렸다.

"얼마나 늦는대요?"

"한 시간 정도."

"내가 못 살아, 진짜!"

이쿠코는 몸을 팩 돌려 걷기 시작했다. 뒷모습이 잔뜩 화나 있다.

요시무라 가족의 집에 도착하자 온 가족이 총출동해 현관까지 마중을 나왔다.

"어서 오세요."

상냥하게 인사하면서도 세 사람의 시선이 마스오와 이쿠

코의 뒤를 당혹스럽게 헤맸다.

"저어… 코이치가 좀 늦는다고 하네요."

이쿠코가 미안해하며 말하자, 세 사람은 조금 실망한 표정을 지었다. 하지만 이내 "신경 쓰지 마세요. 와주는 것만도 고맙죠. 그렇지?"라고 히사에가 요우코에게 말했다.

"그럼요. 차를 마시면서 기다리면 되죠."

요우코도 고개를 끄덕였다.

"자, 이런 데서 얘기할 게 아니라 어서 들어오십시오."

준지가 집 안으로 안내했다. 마스오와 이쿠코는 슬리퍼를 신고 뒤를 따랐다.

센스 있는 인테리어. 청소 상태도 완벽하다. 마치 고급 맨션의 모델하우스 같은 느낌으로 생활감이 전혀 느껴지지 않았다.

여기가 히사에가 사는 곳이구나.

마스오는 키친 카운터를 슬쩍 쓰다듬었다. 히사에가 공들여 가꾸었을 공간은 마스오에게도 사랑스러웠다.

"멋진 집이네요. 부끄러워서 저희 집에는 초대도 못 하겠어요."

이쿠코가 한숨을 내쉬었다.

소파에 앉아 히사에가 내 온 홍차를 마신다. 당연한 것처럼 히사에는 준지의 잔에 설탕과 우유를 넣어 건네주었다. 마스오는 준지가 진심으로 부러웠다.

문득, 유리 상판의 커피 테이블 밑에 결혼 정보지가 놓여 있는 게 눈에 들어왔다.

"아, 그거요."

마스오의 시선을 알아챘는지 요우코가 얼굴을 붉혔다.

"성미도 급하다고 웃지 말아주세요. 이런 잡지를 사서 이것저것 준비하는 게 로망이었거든요."

얼른 치우려고 하는 요우코의 손에서, 이쿠코가 "여자니까요. 드레스와 식장은 여유 있게 고르고 싶은 게 당연하죠"라며 잡지를 받아 들었다.

"어머나, 요즘 드레스는 정말 예쁘네요."

페이지를 넘기며 이쿠코가 감탄했다.

"피로연용 드레스도 정말 근사하답니다. 이것 좀 보세요…."

세 여자가 즐겁게 이야기하는 모습을 준지가 흐뭇한 미소로 바라보고 있다. 그 속에서 오직 마스오만이 혼자 식은땀을 흘리고 있었다.

요우코가 이렇게 구체적으로 생각하고 있을 줄이야….

이제 겨우 한 번 만났을 뿐, 아직 사귀는 사이도 아니다. 그런데도 결혼에 대한 여자의 로망이란 이렇게까지 강하고 진지한 것인가.

마스오는 새삼 상황의 중대성을 인식했다. 이쯤 되면 '아들의 마음이 변했습니다'로 끝날 문제가 아닐지도 모른다….

"어머, 인기 있는 식장은 1년 전부터 예약이 꽉 찬다고 하네요."

이쿠코가 식장 특집 페이지를 보고 놀란 목소리로 말했다.

"여보, 이따 코이치가 오면 채근을 좀 해야겠어요. 애가 너무 태평한 성격이라."

쓸데없는 소리를! 마스오는 속으로 혀를 찼다. 하지만 뜻밖에도 히사에가 "날을 잡는 건 굳이 서두를 필요 없다고 생각해요"라고 말했다.

"실은 결혼하기 전에 요우코와 코이치 군이 먼저 함께 살아봤으면 해요."

히사에의 말에 마스오와 이쿠코는 순간 어리둥절했다.

"그 말씀은… 그러니까 동거를 시키자는 뜻입니까?"

그러자 히사에가 "네"라고 고개를 끄덕여서 마스오는 내심 깜짝 놀랐다. 여자 쪽 부모가 할 만한 제안은 아니지 않은가.

"엄마, 두 분이 놀라시잖아요."

요우코가 부끄러운 듯이 눈을 내리깔았다.

"실은 저희 부부는 이혼 후 재혼한 케이스입니다."

대 리 결 혼 활 동

준지가 멋쩍게 머리를 긁적이며 말했다

"첫 결혼 때 배우자와 가치관이 너무 다르다는 걸 결혼하고 나서야 깨달았거든요. 함께 살기 전까지는 천생연분이라고 생각했는데 말이죠."

"결혼 생활이 쉬운 게 아니란 걸 통감했어요. 생활을 함께하면 그때까지 모르던 면이 보이기 시작하니까요."

히사에도 거들었다.

"그래서 남편과 처음 사귀기 시작했을 때 제가 제안했어요. 결혼 전에 먼저 함께 살아보자고요."

"저도 같은 의견이었습니다. 그리고 동거를 시작했는데, 이번엔 잘될 거라 확신했지요. 그래서 정식으로 결혼을 결심하고…."

"지금에 이르게 됐답니다."

준지와 히사에가 마주 보고 다정하게 웃었다.

"어쩜, 그러셨군요."

이쿠코가 연신 고개를 끄덕였다.

"그래서 저희로서는 코이치 군과 부모님만 괜찮으시다면 먼저 동거를 시켜본 후에 판단하고 싶습니다."

"여자 쪽은 특히나 호적에 기록이 남으면 곤란하니까요."

"과연 옳은 말씀이에요."

죽이 척척 맞아 대화를 나누는 세 사람을 보면서 마스오는 가시방석에 앉은 기분이었다. 설마 이야기가 동거로 흘러갈 줄이야.

"다만, 일종의 약속으로서 동거를 시작하기 전에 정식으로 약혼은 했으면 해요."

히사에의 말에 이쿠코가 동의했다.

"네, 저희로서도 약혼 예물은 교환하고 난 뒤에… 여보, 코이치가 오면 그런 방향으로 의논해봅시다."

갑자기 이쿠코가 마스오에게 이야기를 돌렸다.

"어, 아니, 그게…."

네 사람의 시선이 일제히 쏠려 마스오는 당황한 나머지 말을 더듬었다.

"아, 메시지가 왔군."

진동하지도 않는 휴대전화를 꺼내 화면을 열고 마스오는 최선을 다해 유감스러운 표정을 지었다.

"정말 죄송합니다. 코이치가 아무래도 못 올 것 같다고 하네요."

순식간에 공기가 얼어붙었다.

"일하다 문제가 생겨서… 본인도 무척 속상해하고 있습니다."

이쿠코의 이마에 푸른 힘줄이 꿈틀거렸다. 요시무라 가족의 표정이 급격히 침울해졌다.

분위기가 착 가라앉아 아무도 입을 열지 않았다. 클래식 음악만이 잔잔하게 흐르고 있었다.

장례식장 같은 분위기 속에서 요우코가 구웠다고 하는 케이크를 무슨 맛인지도 모르고 먹은 후, 더는 견디기 힘들어서 그만 일어서기로 했다. 요우코도, 히사에 부부도 붙잡지 않았다.

"이시다 씨, 잠깐 괜찮으십니까."

허둥지둥 현관으로 향하는 마스오를 준지가 낮은 목소리로 불러 세웠다. 현관에서는 여자들이 작별 인사를 나누고 있었다. 준지와 마스오만이 조금 떨어진 곳에 마주 보고 섰다.

"코이치 군은 실제로 우리 요우코를 어떻게 생각하고 있습니까."

단도직입적인 질문에 가슴이 뜨끔했다.

"그건 저어… 아주 좋은 아가씨라고…."

차마 이 상황에서 진실을 이야기할 수는 없었다.

"그럼 코이치 군도 결혼을 진지하게 생각하고 있는 걸로 받아들여도 정말 괜찮은 거지요?"

"…네."

준지는 말없이 마스오를 똑바로 응시했다. 수상하게 여기고 있구나… 그렇게 직감한 마스오는 온몸의 핏기가 가시는 기분이었다.

"알겠습니다. 그럼 됐습니다."

납득하지 못한 표정이었지만 준지는 길을 터주었다. 마스오는 복도를 지나 서둘러 현관으로 향했다.

맨션의 공동 현관까지 함께 내려온 세 사람은 마스오와 이쿠코가 길모퉁이를 돌 때까지 계속 지켜보고 있었다. 언제까지나 손을 흔드는 요우코와 히사에 옆에서 준지만이 입을 굳게 다문 채 물끄러미 마스오를 노려보고 있었다.

일이 커졌다.

심지어 막판에 대놓고 거짓말까지 해버렸다. 마스오는 살아 있는 심정이 아닌 채 비틀비틀 집으로 돌아왔다.

이쿠코는 이쿠코대로 성난 표정으로 씩씩대며 코이치에게 전화를 걸고 있었다. 코이치는 아마 안 받을 것이다. 오늘은 아침부터 밤까지 기술 연수가 있는 날이다. 연락이 안 될 것을 노리고 오늘을 방문일로 잡은 것이다.

"도대체 그 녀석은!"

이쿠코는 당장이라도 폭발할 기세였다.

대 리 결 혼 활 동

"이쿠코."

"왜요!"

잡아먹을 듯한 기세로 이쿠코가 돌아보았다.

"일반적인 대리 결혼 활동에서… 실은 마음이 없는데 몇 번 만난 후에 거절하는 게 문제가 될까?"

"그건 아니죠. 서로를 알아갈 기간은 필요하니까요."

"그렇지?" 마스오는 안도했다.

"그래도 결혼을 암시하거나 과하게 기대하게 만들면 곤란해요. 고의로 속인 게 되니까요. 심하게 악질인 경우에는 '불순분자'로 간주된대요."

"불순분자?"

"상대는 순수하게 결혼 상대를 찾고 있는데, 그걸 이용해 다른 목적으로 접근하는 사람을 말해요. 육체관계, 종교 전도, 다단계 같은 거 말이에요. 그래서 만약 그런 참가자를 발견하면 주최사 측에 신고해달라고 참가자 요강에 나와 있었잖아요."

"신고라니." 마스오는 가슴이 철렁 내려앉았다. "아니, 뭘 그렇게까지…."

"당연히 신고해야죠. 일반 결혼 활동과 달리 처음부터 쌍방의 부모가 관련된 건데요. 그런 인간들은 불순분자 정도가 아니라 엄연한 사기꾼이에요."

"사, 사기꾼이라니 무슨 말을 그렇게… 아니, 하지만…."

"그게 지금 뭐가 중요하다고 그래요. 우리한테는 해당 사항 없잖아요. 그보다 코이치한테 다시 전화나 해봐야겠어요."

다시 전화번호를 누르는 아내를 보고 마스오는 마음을 정했다. 일단 이쿠코에게는 솔직하게 털어놓자. 그리고 일이 더 커지기 전에 어떻게든 둘이 대처 방안을 생각해보자.

"이쿠코, 잠깐만 여기 와서 앉아봐."

마스오는 다다미방에 앉아서 맞은편에 놓인 방석을 가리켰다.

"무슨 일인데 그래요."

몇 번째인지 모를 음성 녹음을 남기고 전화를 끊은 이쿠코가 짜증스럽다는 표정으로 방석에 앉았다.

"당신에게 할 얘기가 있어. 실은…."

막 입을 열었을 때 집 전화가 울렸다.

"코이치인가 봐요!"

이쿠코가 눈빛이 변해 전화기 쪽으로 달려갔다.

"넌 대체 뭘 하느라… 네?"

코이치가 아닌 모양이다. 갑자기 예의를 차린 목소리가 된다. 친하지 않은 상대인지 이쿠코는 고개를 약간 갸웃하면서 수화기에 귀를 대고 집중하고 있었다.

"아아, 부모회분이셨군요. 그때에는 수고 많으셨어요."

대리 결혼 활동 이벤트 주최 회사였구나. 만남의 장을 제공할 뿐, 연락과 교제는 각자에게 맡기고 일절 관여하지 않는다고 들었는데 무슨 일일까. 설마….

"요시무라 요우코 씨요? 네, 교제하고 있는데요."

불길한 예감이 밀려왔다. 요시무라 가족이 눈치챈 게 아닐까. 그리고 신고를….

"우리가… 불순분자라고요?"

수화기를 든 아내의 눈이 휘둥그레지더니 이쪽을 보았다.

역시….

마스오는 체념하고 두 눈을 꾹 감았다.

그러나 이야기를 들어보니 피해자는 실은 마스오네 가족 쪽이었다.

요시무라 준지, 히사에, 요우코. 이 셋은 '예물 사기단'이라고 한다. 원래 요시무라 부부는 인터넷으로 가짜 보석을, 요우코는 명품 짝퉁을 팔아 돈을 챙기던 무리였다. 하지만 TV와 인터넷에 사기 수법이 공개되어 사기에 걸려드는 사람이 줄어들었다. 게다가 보이스 피싱 사기가 활개를 치면서 경찰

단속도 더 심해졌다. 어떻게 할까 궁리하던 그들은 대리 결혼 활동이란 걸 접하고 이 수법을 생각해냈다. 요우코는 요시무라 부부와 양자 결연을 맺고 부모자식 사이가 되었다.

요우코의 결혼 상대를 정해 예물 교환을 마친 후, 결혼식 전까지 동거를 제안한다. 그리고 얼마간 지나 요우코가 "그 사람과는 가치관과 성격이 너무 달라요. 결혼은 없었던 일로 하고 싶어요"라고 부모에게 울며 호소해 약혼은 해소가 된다. 그리고 세 사람은 돈과 약혼 예물을 챙기고, 다음 먹잇감을 찾아 나선다… 이런 수법이라고 한다.

이 수법이 정교한 이유는, 우선 일반적인 결혼 사기와 달리 처음부터 부모가 관여하기 때문에 전혀 의심을 받지 않는다는 데 있다. 그리고 약혼 후에 함께 살았기 때문에 내연 관계가 성립되어 약혼 불이행에 해당하지 않아 약혼 예물 비용과 약혼 반지를 돌려줄 의무가 생기지 않는다. 다시 말해 편의상 '약혼 예물 사기'라고 부르고는 있지만, 실제로는 사기에 해당하지 않으며 불법도 아닌 것이다.

현금을 손에 쥐기까지 시간은 좀 걸리지만 불법이 아니라는 점에서 이점이 크다. 심지어 남자 쪽 부모는 요시무라 가족을 상류층이라고 믿기 때문에 상당한 금액의 돈을 건넨다고 한다.

대 리 결 혼 활 동

준지는 자신이 의사라는 말은 한 번도 하지 않았다. 촬영 등에 사용하는 호화 맨션을 빌려 남자 쪽 가족을 초대하는 것도 상투적인 수법이라고 하는데, 그들은 그 맨션이 '내 집'이라고는 하지 않았다. 상대 가족이 멋대로 그렇게 생각했을 뿐, 그들이 거짓말한 적은 없는 것이다. 따라서 그들은 당당하게 본명을 밝히고 대리 결혼 활동 붐에 편승해 전국적으로 활약하고 있었다. 그리고 이번에는 코이치만이 아니라 돈 좀 있어 보이는 다른 남성 둘과도 동시에 이야기를 진행 중이었다고 한다. 일부러 작은 부자를 택하고 큰 부자를 피하는 것은, 진짜 상류층 부자들은 매우 신중하기 때문에 신원 조사를 당할 가능성이 높기 때문이라고 한다.

다만 이번에 요시무라 일당에게 불운이었던 것은 작년에 홋카이도에서 있었던 이벤트에서 타깃이 되었던 남성 A의 가족과, 이번에 참가한 남성 B의 가족이 우연히 아는 사이였다는 점이다.

예전에 A의 행복해 보이는 약혼 사진을 봤기 때문에 B는 이벤트 행사장에서 요시무라 가족을 봤을 때 그 사람들이 아닌가 의심하고 혹시 몰라 주최사 측에 알렸다. 주최사 측에서 동종 타사에 확인한 결과, 요시무라 가족이 여러 곳의 이벤트에 참가해 약혼을 반복했다는 사실이 마침내 발각되었다. 법

에 저촉되지는 않으므로 죄를 물을 수는 없다. 그러나 불순분
자로서 결혼 활동 업계의 블랙리스트에 올라 앞으로는 일절
참여할 수 없게 된다는 것이었다.

"세상에…!"

전화를 끊은 이쿠코는 큰 충격을 받고 다다미방에 쓰러지
듯 주저앉았다.

"좋은 아가씨라고 생각했는데. 최고의 인연이라고만 생각
했는데."

아내 이상으로 타격을 받은 사람은 마스오였다. 히사에가
사기꾼이었다니….

"안타깝지만 지금이라도 알게 돼서 불행 중 다행이야."

마스오는 이쿠코를 달래며 한편으로 스스로를 타일렀다.
콧날이 시큰했다. 지금까지 경험한 그 어떤 실연보다도 뼈아
팠다.

다만, 마음 한구석으로 안도한 것도 사실이었다. 히사에에
게 지금보다 더 끌리기 전이라 다행이다. 무엇보다도 코이
치가 응하지 않고 거절해준 덕분에 피해를 입지 않을 수 있
었다.

코이치 덕분이구나….

평범하고 눈에 띄진 않지만 성실한 코이치의 얼굴이 떠올

대리 결혼 활동

랐다.

지금까지 마스오는 아들이 내심 못마땅했었다. 4년제 대학에 가라고 했는데도 코이치는 결국 정비사 전문학교에 진학했다. 졸업 후에는 대기업에 취직하라는 말도 듣지 않고 자신의 가게를 여는 길을 선택했다. 그런 아들이 마스오는 답답하기도 했지만, 코이치는 코이치 나름대로 신념을 가지고 소중히 지키며 사는 어엿한 성인 남자인 것이다.

…사람을 겉으로만 판단하면 못써.

불과 2주일 전 자신이 코이치에게 한 말이 떠올랐다. 겉모습밖에 보지 않았던 게 누구였던가. 코이치만이 요시무라 가족의 화려함과 부유함에 속지 않고서 본질을 꿰뚫어 보고 있었던 것이다.

난 지금까지 대체 아들의 뭘 봐온 건가….

마스오는 머리를 싸쥐었다.

"코이치한테 뭐라고 하면 좋죠?"

이쿠코가 울먹이는 소리로 중얼거렸다.

"그 녀석한텐… 내가 알아서 얘기할게."

"정말요?" 이쿠코는 눈물 젖은 눈으로 마스오를 쳐다보았다. "고마워요. 역시 당신이 있으니까 든든하네요."

"아니…."

마스오는 쓴웃음을 짓고 담배에 불을 붙였다.

"코이치는 듬직한 어른으로 잘 자라줬어." 마스오는 진심에서 우러난 목소리로 말했다. "언젠가 꼭 좋은 아가씨를 데려올 거야. 이제 결혼은 본인에게 맡겨둡시다."

"그래요. 결혼 활동 컬래버는 이제 끝이에요. 아주 지긋지긋해요."

이쿠코가 눈시울을 훔치면서 미소 지었다. 가늘게 주름진 손끝. 검버섯 긴 손등. 과거엔 통통했던 손도 이제는 뼈가 앙상하다.

아내에게는 함께 살아온 삶이 새겨져 있다…. 함께 걸어온 40년 이상의 세월이.

"그려줄까?"

"네?"

"당신 말이야. 모델로 삼아서."

그러자 이쿠코는 얼굴이 빨개지더니, "이이가 무슨 소리야. 난 싫어요"라며 두 손을 내저었다.

"왜? 좋잖아."

"나 같은 할머니는 그려서 뭐 하게요. 당신도 참."

이쿠코가 빨개진 볼을 감싸고 우후후 웃었다.

"아, 하지만." 두 손으로 볼을 감싼 채 그녀는 마스오를 슬쩍 쳐다보았다. "당신이 그려줬으면 하는 게 있어요."

"내가?"

"커다란 접시를 만들고 싶어요. 지름이 50센티쯤 되는 걸로요."

"거기다 내 그림을?"

"전부터 생각했어요. 장식장 자리를 놓고 싸울 게 아니라 같이 작품을 만들면 좋겠다고요. 무늬는 당신이 잘 그리는 네모필라 꽃이 좋을 것 같아요."

"…알고 있었군."

자신의 그림 따윈 거들떠보지도 않는다고 생각했었다.

"당연하죠." 아내가 웃는다. "고운 파란색이라 그걸 보면 가슴이 후련해져요. 접시에 그리면 정말 멋질 거예요. 그걸로 부탁해요."

"알았어."

마스오는 재떨이에 담뱃재를 털었다. 그러고 보니 이 재떨이도 아내의 작품이다. 초록색 유약을 칠했을 뿐인 수수한 것이지만, 자신의 그림을 더하면 화려해질지도 모른다. 찻잔과 공기, 꽃병에도 그려보고 싶다. 이미지가 속속 떠올랐다.

"좋아, 새로운 컬래버로군."

마스오는 꿈에서 깨어난 기분으로 툇마루에 서서 마당을

바라보았다.

　더는 그곳에 히사에의 환영은 나타나지 않았다.

— 끝 —

주1) 가루: girl의 일본식 발음으로, 일반적인 '소녀'라는 뜻의 '걸'이 아니라 특유의
독특한 스타일로 화장한 젊은 여성을 칭하는 말.
주2) 단카이 세대: 1947~49년에 태어난 일본의 베이비붐 세대.
주3) 코타츠: 탁자 모양의 난방 기구.

결
혼
기
담

2021년 2월 25일 1판 1쇄 인쇄 | 2021년 3월 4일 1판 1쇄 발행
지은이 아키요시 리카코 | 옮긴이 정혜영 | 발행인 정욱 | 편집인 황민호
콘텐츠4사업본부장 박정훈 | 편집기획 김순란 강경양 한지은 | 디자인 All design group
마케팅 조안나 이유진 이나경 | 국제판권 이주은 장희정 | 제작 심상운 최택순

발행처 대원씨아이(주) | 주소 서울특별시 용산구 한강로 3가 40-456
전화 (02)2071-2018 | 팩스 (02)749-2105 | 등록 제3-563호 | 등록일자 1992년 5월 11일

www.dwci.co.kr

ISBN 979-11-362-6406-0 (03830)